官商鬥法
第二輯
之13
豔照掀風濤
炮
相

目錄

CONTENTS

第一章

豔照事件

鄧子峰反應十分快，馬上將這件事跟傅華的豔照事件聯繫起來，
認為兩者間一定有什麼關聯，否則方晶不會在豔照曝光的當天就飛澳洲，
他才會讓蘇南想辦法去套傅華的話，看看究竟是怎麼一回事。

起床後，傅華洗了把臉，隨便熱了點剩飯吃了。

吃完飯，傅華就去打開電腦，看看網上的新聞。上網成爲他現在每天必做的事情。

這時，電話響了起來，一看是蘇南的電話。

蘇南在傅華出了豔照事件之後，曾經打過電話來關心過，問他出了什麼事。傅華不好說他是遭到方晶報復；另一部分原因，也是因爲他認爲都是那個劉善偉把他供了出來，才會讓他在方晶心中的形象更加雪上加霜，所以他只是含糊地說是被人算計了。

蘇南也沒深問，只說這段時間傅華如果太悶，可以找他聊聊。傅華隨口應了一聲好，並沒往心裏去。蘇南管理那麼大一家公司，每天應酬那麼多，哪裡會有時間陪一個被停職的官員聊天呢。他也不想在人家忙碌的時候找上門去，顯得很不識趣似的。

不知道蘇南今天打電話來是爲了什麼？傅華接通了電話。

「南哥，找我有事啊？」

「沒事就不能找你啦？你這個人啊，我不是跟你說沒事來找我多聊聊的嗎，整天悶在家裏幹什麼啊，到我這兒來還能散散心，不是嗎？」蘇南既是關心也是責備地說。

傅華笑說：「南哥，你那麼忙，我去打攪你多不好意思啊。」

蘇南說：「看你這話說的，朋友不就是用來打攪的嗎，難道說你不拿我當朋友了？」

傅華趕忙說：「我怎麼會不拿南哥你當朋友呢？」

蘇南便說：「那行，中午出來跟我一起喝酒吧。」

傅華說：「行啊，去哪兒？」

蘇南說：「就去曉菲那裏吧。」

傅華去了曉菲的四合院，蘇南還沒到。曉菲幫傅華安排了一個雅間，然後進來陪他喝茶。

曉菲關心地說：「傅華，你最近可是瘦了很多啊，照片的事折騰得你不輕吧？」

傅華說：「你也知道照片的事了？」

曉菲笑笑說：「香豔照片通常是網民關注度最高的東西，我就是想不知道也難啊，更何況南哥也跟我說起過這件事。現在後悔當初沒聽我的話了吧？」

當初傅華向曉菲打聽方晶底細時，曉菲就警告過傅華，要傅華離方晶遠一點。

傅華苦笑了一下，說：「好啦，曉菲，我已經爲這個吃盡苦頭了，你就別在這時候還說風涼話了。」

曉菲又問道：「我聽南哥說，你老婆氣到離家出走了，怎麼樣，把她哄回來了沒有啊？」

傅華無奈地說：「哄回來什麼啊，她一直住在朋友家裏，到現在還是不肯跟我說話。」

「活該！任何女人看到自己的丈夫抱著那麼一個年輕漂亮的女人都不會高興的，更何況還是赤身裸體的樣子。傅華，說起來你還真是豔福不淺啊，照片上的那個女人是誰啊？身材一流呢。」曉菲打趣說。

傅華雙手攤了攤，告饒說：「姑奶奶，你別說了行嗎？我現在一聽這個頭就大。這個南哥也是的，約了我也不早點來。」

「誰在背後說我壞話啊？」這時，蘇南走了進來，邊笑著說。

曉菲聽了，笑說：「還有誰，我們的男主角啊。」

傅華笑說：「南哥，我可不是說你的壞話，是曉菲老拿那些照片來取笑我，我就說你怎麼還沒來，可沒別的意思啊。」

蘇南坐了下來，說：「說起這個，我後來聽說是那個方晶在搞的鬼，傅華，你跟我說實話，這件事與善偉有沒有關係啊？」

蘇南到底是蘇南，馬上就猜到了事情的因由，傅華便聳聳肩說：「反正事情已經過去了，還是不說這些了吧。」

蘇南看了傅華的表情，就說：「你這麼說就是有關係了，唉，這個善偉，事情總是做不好，我讓他千萬別說是你提供情報的。」

傅華說：「他倒是沒說，不過方晶卻猜出來了。」

蘇南說：「是這樣啊，我還以為是善偉告訴她的呢。」

傅華心說：這跟劉善偉直接告訴方晶還不是一樣？我當初根本就不應該告訴你這條管道的。

蘇南接著說道：「傅華，搞了半天我也沒弄明白，你跟這個方晶究竟是怎麼一回事啊？我怎麼聽說方晶在弄出照片後就去了澳洲。這裏面不會還有別的什麼故事吧？」

傅華沒想到蘇南對這件事這麼感興趣，不過，他卻沒興趣一五一十的告訴蘇南究竟是怎麼一回事，就笑了笑說：「故事是有的，不過與我現在的狀況無關。不說這些煩人的事了，南哥，你約我出來不是喝酒的嗎？喝酒，喝酒。」

蘇南笑了笑沒說話，曉菲卻不放過，問道：「傅華，別把話說半截好不好，你要悶死我們啊？你跟方晶的關係還挺複雜的，是吧？」

傅華搖搖頭說：「複雜的不是我和她之間，我只不過是不該插手干涉她的事罷了，說起來，我是跟著別人沾了光。」

曉菲好奇地說：「跟誰沾光啊？不是照片上的那個女人吧？」

傅華有些不耐地說：「不是，是與我們現在的市委書記有關。好了，曉菲，你別問了行嗎？我怎麼從來都不知道你是這麼愛聽八卦的人啊？」

曉菲笑說：「我哪是什麼愛聽八卦啊，是你的故事藏頭藏尾的讓人好奇罷了。行啦，你不想說我就不問了。」

傅華剛想清靜一下，沒想到蘇南又開口了：「傅華，我不是想八卦什麼，只是有個問題想幫善偉問一下，方晶去了澳洲之後，還會回來嗎？」

「回來？她回來幹嘛啊？她還敢回來嗎？」傅華搖搖頭說：「她如果回來倒好了，起碼我的事情還可以說清楚。劉善偉的錢已經付給方晶了吧？他是在擔心被方晶騙了？」

蘇南點點頭說：「是啊，善偉很擔心。」

傅華說：「你讓他不用擔心，方晶雖然跑了，但是莫克一定會將事情承擔起來的。方晶離開國內，並不是想騙他的錢，而是想整莫克，唉，這事說起來又複雜了。」

蘇南這才恍然大悟說：「哦，原來這件事的根本原因是方晶跟你們市委書記之間有矛盾啊。傅華，你知不知道方晶去了澳洲之後，會不會有什麼進一步的行動呢？」

傅華有些奇怪，他覺得今天的蘇南似乎對方晶很感興趣，這可有點反常。他看了一眼蘇南，說：「南哥，你今天怎麼這麼關心方晶的事啊？」

蘇南笑笑說：「我關心她幹嘛，還不是在替善偉擔心嘛。」

蘇南的解釋倒也合理，傅華便說：「這時候擔心也沒有用了，按說他本來就不應該搞這種事的。」

蘇南搖搖頭說：「傅華，你又來了，大家都在搞這些，你讓他不搞，那麼大的公司沒業務，你讓他等著倒閉啊？」

曉菲也說：「是啊，傅華，這你不能怪南哥和善偉，這個社會就是這樣子，你不做只能等死。你也別老拿你的原則來衡量別人。」

蘇南說：「傅華，有時候我也常在想我們的不同，你這個人雖然成長經歷中遭遇過一些波折，但是總體來說還算是順遂。娶了有錢人家的女兒，衣食無憂；仕途上，你對自己的要求也不高，又有人護持，發展挺順利的，所以你不愛去搞這些骯髒事。但是我和善偉不同，雖然我們也有很好的家庭背景，但是家庭背景並不能帶來我們所需要的全部，仍然必需要靠自己的努力去爭取；更因爲有很好的家庭背景，我們要表現得比別人更優異才行。不然，就會有人說某某的兒子沒有乃父之風，不成材，有那麼好的父親護著他，他還做不好，實在是太沒本事了。你要知道這是多大的壓力？要做出成績，我們不對這社會做點妥協能行嗎？」

曉菲也深有同感地說：「是啊，傅華，別說南哥和善偉管理那麼大的企業，就說我這個小小的四合院吧，也需要維護一些關係的。這個社會就是這個樣子，光靠理想主義，是很難生存的。」

傅華聽兩人長篇大論的反駁他，不禁笑說：「好了好了，你們倆今天不會是來開我的批鬥大會的吧？我也不是不知道社會的現狀，只是覺得這種事能少做就儘量少做罷了。」

曉菲感慨地說：「誰不這麼想啊？但是社會就是這麼現實，你不想做也得做啊。」

這時，傅華的電話突然響了，是趙婷打來的，就說：「不好意思，我先接個電話。」

傅華按下接聽鍵，就聽趙婷著急的說：「傅華，你在哪裡啊？」

傅華說他在曉菲的四合院，趙婷略爲放鬆了些說：「幸好你離得不遠，你能不能儘快趕到我這兒來？」

傅華說：「怎麼了，出什麼事了嗎？」

趙婷急急地說：「還能出什麼事啊，還不是那個John，我剛才在逛街，看到好像是他在後面尾隨著我，一回頭，他卻不見了。我現在心裏很害怕，你能不能過來陪我一下？」

一聽是John，傅華也有點急了，趙婷和John的離婚判決剛下來，他很擔心John因爲接受不了，會對趙婷有所不利，便趕忙說：「你現在在哪裡啊？我馬上過去。」

趙婷說：「我在一家咖啡廳裏坐著，你快過來吧。」就講了咖啡廳的地址。

傅華說：「那我馬上過去，我到之前，你千萬不要離開啊。」

趙婷答應說：「行，你快點來啊。」

傅華掛了電話，對蘇南和曉菲抱歉地說：「不好意思啊，趙婷被她前夫騷擾，我得趕去陪她，不能陪你們吃飯啦。」

蘇南在一旁也大概聽到了發生的情況，就說：「行，你趕緊去吧。」

傅華出了四合院，便立即開車直奔趙婷所說的咖啡廳。

到了咖啡廳，就見趙婷有點慌張的坐在裏面，她看到傅華來了，趕忙站起來衝著傅華招手。

傅華坐到了趙婷的對面，問說：「John有沒有出現啊？」

趙婷驚魂未定地說：「這會兒沒有，不過我剛才看到的確實是他，這傢伙鬼鬼祟祟的跟在我後面，不知道想幹什麼。」

傅華不禁皺眉說：「這傢伙究竟是怎麼回事啊？他如果不服氣判決，可以上訴啊。」

趙婷苦笑著說：「他說他不上訴，說法官都被爸爸買通了，上訴的結果也只會敗訴。」

傅華說：「既然不上訴了，那他還來糾纏你幹什麼呢！」

趙婷嘆說：「這個混蛋還是不死心，想讓我再給他一個機會跟他和好，不然的話，他不會放過我的。」

傅華說：「這傢伙還成無賴了。小婷，你也是的，既然他這麼威脅你，出門你該帶幾個人在身邊的。」

趙婷說：「爸爸讓公司的保安部安排了兩個人，不過，走到哪兒身後都跟著兩個彪形大漢，我很不習慣。本來這兩天看John也沒什麼動靜，我以爲沒事了，出來的時候，我就沒跟公司的保安部說，沒想到就這麼點空子，這傢伙就跟上我了。」

傅華說：「這樣看來，似乎John這兩天一直盯著你呢，不然他也不會看你身邊一沒保鑣，他就出現了。」

趙婷十分無奈地說：「傅華，你說我上輩子是不是欠了他的啊？他怎麼就不肯放過我呢？」

傅華只好安慰她說：「你不要去管他了，這不關你的事，是這個男人沒出息。我送你回家吧。」

趙婷結了帳，跟著傅華走到咖啡店門口時，John突然閃了出來，衝著趙婷說：「小婷，你別走，我有話想跟你說。」

傅華擔心John對趙婷不利，伸手攔住了John，把趙婷護在身後，說：「John，你像個男人一點，別再糾纏小婷，法院已經判決你們離婚了，她跟你已經沒有任何關係了。」

John一把把傅華的手揮開，叫道：「傅華，你別再來干涉我和小婷了行不行，你已經害得她跟我離婚了，你還想怎麼樣啊？你給我閃開，我有話要跟小婷說。」

傅華火了，指著John的鼻子說：「John，你給我放尊重一點。小婷現在不想跟你說話，你別再糾纏她了，再糾纏她，我就對你不客氣。」

John卻不死心，上來一把抓住傅華，就想用力把他推開，傅華被推了一個趔趄，差點摔倒，心裏更加惱火起來，一揮拳就給John下巴來了一下，兩人就此扭打在一起。

趙婷一看兩人打了起來，趕緊撥電話報警，幾分鐘之後，警察趕來，將傅華三人一起帶到了派出所，將三人訓斥了一番，特別是對John，更是毫不客氣地說了他一頓，警告他不要再隨便去騷擾趙婷。

訓斥完，警察看John和傅華雖然打成一團，卻沒有什麼嚴重的傷情，也就把他們放了出來。

出了派出所，John雖然對傅華恨得要命，卻也不敢再對他怎麼樣了，只好惡狠狠地瞪著傅華，看著傅華把趙婷帶走。

傅華將趙婷送回家後，這才想到忙了半天，他還沒吃飯呢，這時候再回四合院，蘇南八成已經離開了，就在附近找了家小飯館隨便吃了點。

吃飯的時候，傅華想起蘇南今天說的那些話，也不得不承認蘇南說的有些道理，也許他就是太順遂了，所以才能堅守原則。也可能正是因爲這樣，有些領導才會這麼看他不順眼，因爲大家都這麼做，只有他不肯隨波逐流，自然就顯得格格不入了。

也許金達也是這種想法，傅華甚至有些懷疑，金達究竟有沒有真的拿他當朋友過？也許對金達來說，他只是一個得力的部下，而非一個真心相交的朋友。

金達成爲市長後的一些做法，早已脫離了他原本堅守的原則了，或許這就像蘇南所說的，金達因爲背負市長的重任，不得不向外力妥協。而他在妥協的過程中，難免就會放棄那些曾經志同道合的夥伴。自己是不是也在被金達放棄的那些人中呢？

傅華曾自認爲他做人做事都很成功，然而現在看來，似乎並不是這樣，不但工作處於停職狀態，家庭又面臨支離破碎的窘境，連一向自認是好友的金達，也對他不聞不問。他不知道自己該做些什麼，或是能做什麼，才能從眼下的困局走出來。

他考慮過乾脆離開駐京辦，去雄獅集團開始新的生活。但是畢竟舒適的日子過得太久，讓他一下要放棄現有的局面，又有些下不了決心。

還是等等吧，就算要離開，也不能像逃兵一樣的離開，起碼等豔照事件有了結論再說。

振東集團，蘇南辦公室。

蘇南從曉菲的四合院回來，就拿起桌上的電話，撥了一串號碼，電話很快接通了。

「鄧叔啊，我今天去見了傅華。」

原來蘇南是打給鄧子峰。

鄧子峰笑了笑說：「是嗎，方晶的事，他怎麼說？」

蘇南說：「傅華對這件事好像很瞭解，不過，他似乎不太願意說，語焉不詳的，而且對我問這些也有點警惕，所以我不好問得太多。」

鄧子峰說：「那他說了些什麼？」

蘇南回說：「他說方晶離開國內，是爲了報復莫克，至於方晶和莫克間有什麼矛盾，他倒沒說。」

鄧子峰納悶地說：「方晶和莫克之間有矛盾？他們聯手成立諮詢公司，從雲泰公路項目上攫取利益，應該是相互信賴才對，怎麼會有矛盾呢？難道是分贓不均？」

蘇南說：「這我就不清楚了，反正傅華很肯定地說方晶和莫克有很深的矛盾，但我感覺不像是因爲分贓不均。傅華說她這麼做是爲了報復，我猜測那些不法的錢也被她帶走了，莫克應該沒拿到任何好處，所以不該是分贓不均的問題。」

鄧子峰不解地說：「那這事就有點耐人尋味了。誒，傅華沒說下一步方晶準備幹什麼嗎？」

蘇南爲難地說：「這個問題我問傅華了，傅華卻起了疑心，奇怪我爲什麼對方晶這麼感興趣，我只好拿善偉做藉口，隨口搪塞過去，不過話題就因此錯開了。碰巧傅華的前妻又出了點狀況，他就匆忙離開了，也就沒說方晶下一步打算幹什麼。」

鄧子峰沉吟了一會兒，說：「蘇南，你覺得方晶會不會爲了報復莫克，而舉報莫克受賄？」

蘇南想了想說：「這很難說，要看莫克和她的矛盾究竟到什麼程度，要知道這個，就得弄清楚方晶和莫克之間究竟是什麼矛盾了，可是傅華已經有了警覺，我就不好再一直追問他了。」

鄧子峰說：「那就先不要問了，傅華對我們還有別的用處，可別讓他因爲這件事對我們心生惡感。最好是方晶自己揭發這件事，我們就可以順勢而爲。反正莫克受賄的事也不需要現在就發作，我們還是等一等，看時機再來想辦法操作這件事吧。」

蘇南說：「行，就按照鄧叔說的辦吧。」

鄧子峰便說：「那就這樣吧，如果你再有這方面的消息，及時告訴我。」

掛了電話，蘇南臉上露出一絲苦笑，從內心來講，他很不願意去欺騙或者利用傅華，但是形勢所迫，他又不得不這麼做。

爲了他們的家族能夠繼續興旺下去，他必須盡最大的努力幫助鄧子峰坐穩東海省省長的寶座。這也就是他爲什麼會介紹傅華給鄧子峰認識，好讓鄧子峰能透過傅華，了解東海政壇上發生的事情。

這次劉善偉跟方晶的勾兌過程，也是由蘇南報告給鄧子峰的，好讓鄧子峰對政壇上一些重要人物的動向有所瞭解，以便做出最有利的行動。

由於莫克是呂紀的嫡系人馬，莫克的動向勢必會關係到呂紀，方晶又與莫克互有牽動，所以鄧子峰要蘇南持續追蹤這件事，因而蘇南一從劉善偉那裏得知方晶突然遠走澳洲的消息時，便立刻把這件事告訴了鄧子峰。

鄧子峰反應十分快，馬上將這件事跟傅華的豔照事件聯繫起來，認爲兩者間一定有什麼關聯，否則方晶不會在豔照曝光的當天就飛澳洲，他才會讓蘇南想辦法去套傅華的話，看看究竟是怎麼一回事。只是傅華這次似乎受的打擊很大，情緒十分低落，無心多說，所以蘇南並沒有探聽到多少內情。

蘇南費了半天心思卻收穫不大，心裏也有些鬱悶。但他不想冒險，讓傅華感覺自己是在利用他，於是只好先將這件事暫且放在一邊了。

海川，金達辦公室。

金達和孫守義正相對而坐。孫守義在向金達彙報最近雲泰公路項目各標段的開工建設情形。

報告完，孫守義有感而發地說：「市長，您注意到沒有，我們的莫克書記對這個項目真是很上心啊，這幾天他走遍了各個標段，親自去現場巡視各個標段的建設情形，還用心瞭解有關工程品質的一些問題，真是幹勁十足啊，感覺就像變了個人似的。」

金達對此也很納悶，雲泰公路的招標程序完成後，莫克一度像丟了魂一樣的沒精神，可以明顯感覺到他憂心忡忡的，似乎在擔心什麼難解的問題。

金達猜測莫克可能是與受賄的競標單位之間出了什麼嚴重問題，心中還在竊喜，以為莫克快撐不下去了；沒想到才沒多久，莫克就重振精神，像打了雞血一樣。不知道是什麼讓莫克一下子變化這麼大？

金達不好說什麼，便笑笑說：「老孫啊，你別這麼說嘛，莫書記是領導小組的組長，關心項目的工程建設也是正常的。」

孫守義不禁看了金達一眼，他覺得金達根本是言不由衷，他才不會樂見莫克變得這麼幹勁十足呢。莫克穩坐市委書記寶座，就意味著金達失去了上位的機會，心中不知有多鬱悶呢。但他不願表露真心，便也配合著說：「這倒也是，莫書記對分管的工作一向都是很認真負責的。」

金達覺得孫守義的話有點諷刺的意味，不想再深談下去，便問：「最近傅華的事，處理得怎麼樣了？」

孫守義不禁奇怪，金達會問傅華的事，表示他這段時間並沒跟傅華聯繫，以兩人過往的親密關係，這實在不太對勁。

孫守義回說：「還能怎麼樣，紀委的調查還沒結束，因此傅華還在停職狀態。市長，您是不是跟莫書記說一說啊，傅華是個優秀的幹部，老這麼拖著，對他的工作積極性會有很大影響的。」

金達辯稱說：「我也想說啊，可是怎麼開口啊？那些照片又不是合成的，我有什麼理由幫傅華說話啊。」

孫守義抱不平地說：「可是那些照片，明眼人一看就知道傅華是被人設計的。」

金達看了孫守義一眼，說：「老孫，這件事你要理解我的立場，別人都可以出面幫傅華說話，唯有我不行，我如果出面幫他說話，別人會認爲我是在偏袒他。那樣不但幫不了他，反而會給某些人批評的口實。」

雖然金達這麼說也不是沒有道理，但是傅華身處現在這種窘境，一定很希望有人能向他伸出援助之手，金達這種冷處理的方式，實在不是朋友之道，傅華也會很寒心的。

孫守義便說：「那我們就只能等紀委的調查了？」

金達淡淡地說：「讓他再耐心等一等吧，我找到合適的理由，會幫他說話的。」

「行，我會轉告他的。」

孫守義說的不錯，莫克這幾天確實很有精神，安撫住方晶之後，他知道短時間內，雲泰公路項目不會出什麼問題，只要雲泰公路項目建設順利，那他的市委書記寶座就沒有人能撼動了。

再是莫克敏銳地察覺到，呂紀也早就跟他和雲泰公路項目綁在一起了，所以才會嚴厲的要求他一定要搞好這個項目；因而他無需擔心呂紀會走馬換將，將他的市委書記拿走。

既然如此，有些事他也就不需要再縮手縮腳了，可以盡情施展一番，於是一改之前的頹喪，很有活力的到各個標段去視察施工情形。更是藉此行動來證明他在海川政壇的實力，他要金達和孫守義那幫人都看看，他才是這裏的主宰，這裏是由他說了算。也順便看看是不是還有什麼有利可圖的地方。

這陣子，鵬達路橋集團的張作鵬跟莫克來往的十分頻繁，老是在莫克面前念叨他們這次在雲泰公路項目上吃虧了，言外之意，似乎是想從莫克這裏尋找什麼補償。這正迎合了莫克心中所想，於是便通知張作鵬，他會去張作鵬所得標的標段巡察。

莫克一到鵬達路橋施工的現場，張作鵬便趕忙迎了上來，說：「歡迎莫書記親臨我們鵬達路橋施工現場指導工作。」

莫克跟張作鵬握了握手，說：「我只是想來看看施工的情況，沒想到你張董還親自從省城趕來，真是不好意思啊。」

張作鵬笑說：「莫書記，您真是客氣，您要來指導工作，我哪敢不親自迎接啊？再說，上次您去省城開會，我沒能及時安排接待，心中也很愧疚，當時您說我如果到海川來，您會跟我好好的聚一聚，今天不是正好嗎？莫書記不會再爽約了吧？」

莫克笑笑說：「當然不會啦，張董來海川幫我們搞建設，就是我們海川市的貴客，我當然要好好招待。」

張作鵬對莫克突然變得對他這麼友善，心中多少有些意外，自從他們因爲雲泰公路項目開始打交道以來，莫克對他的態度一直很冷淡，張作鵬要請他吃飯，他也一直採取排斥的態度。除了上次因爲方晶突然去澳洲，莫克主動跟他有過一次聯繫外，兩人幾乎是沒有什麼互動。

莫克不願意跟他接觸，讓張作鵬很是不滿。但是今天莫克的態度卻來了個一百八十度大轉彎，不但親自找上門來，還一口答應要跟他聚一聚，這讓張作鵬都有點反應不過來了。

張作鵬十分納悶，今天太陽是從西邊出來啦？但不管怎麼樣，這總是一個好的開始，張作鵬覺得也許他可以跟莫克有更深的往來了。

寒暄過後，莫克讓張作鵬陪他去看工地的施工情形。莫克要求張作鵬一定要保證工程品質，張作鵬也很配合，當面向莫克做了保證，說一定不會讓莫克失望，會將他們得標的標段建成整個公路的標桿。

莫克點點頭說：「張董啊，你今天對我的承諾我可記在心裏了，等你們的標段完工時，我可是要來檢驗的，如果確實建成整個項目的標桿工程，你隨便點地方，我做東，爲你慶功。」

張作鵬笑說：「那莫書記你就準備好錢吧。」

莫克說：「這個錢不用準備我也是有的，不過，如果你達不到你說的承諾呢？」

張作鵬爽快地說：「那我認罰，如果沒達到承諾，我願意按照未能完成合同的約定，承擔違約責任。」

莫克聽了說：「那就這麼說定啦，張董啊，我是真心希望你能做好，就讓我們共同努力，爲雲泰公路添上一段佳話吧。」

張作鵬拍拍胸脯說：「請莫書記放心，我張作鵬說到做到的。」

一旁的海川電視臺記者將這個畫面都錄了下來，實況轉播到電視上，成爲當天電視臺播出的重要新聞之一。

第二章

芒刺在背

傅華聽了說：「爸爸，您這個說法我無法苟同，他們是我的領導，
自然需要服從他們，怎麼讓他們怕我啊？」
趙凱說：「這就是你認知上的錯誤。你是他們的下級，
就沒辦法讓他們怕你了嗎？你知道芒刺在背的典故吧？」

看完工地，時間到了中午，莫克和張作鵬就移師海川大酒店。雖然莫克搶著要做東，但是他還是沒搶過張作鵬。

莫克無奈，只好說：「那謝謝張董幫我們海川市省錢了。不過，這個東可以讓你做，酒卻不能按你說的去喝，現在是中午，喝太多酒不好看，所以我可有言在先，今天的酒不能多喝。」

張作鵬笑說：「這好說，就照您說的辦。」

雖然張作鵬答應莫克不多喝的要求，但是真正喝起來，就完全不是那麼一回事了。這種場合喝起酒來，哪裏還能控制得住不多喝啊？即使莫克一再的推拒，還是喝了不少的酒，只是還沒醉倒就是了。

也因爲莫克和張作鵬都有心要跟對方結交，兩好合一好，酒就喝得很愉快，兩人也變得親近起來，只差沒有稱兄道弟了。

張作鵬看莫克有了些醉意，就及時的收住了，這倒不是他真的聽莫克的話，而是他不想莫克喝醉。如果莫克真的喝醉，張作鵬想跟他談的事也就無法談了，現在莫克半醉半醒的正好。

宴席結束後，莫克和張作鵬去沙發上坐下來喝茶。

張作鵬對莫克說：「莫書記，有件事我想跟您反映一下。」

莫克說：「張董，什麼事啊？有話儘管說。」

張作鵬一直覺得他拿到的工程太少，既然莫克通過方晶收取回扣，那就說明莫克在這方面是可以談的；而且莫克已經露出本相，不再是僞裝成講原則、油鹽不進的樣子，如果給莫克更多的好處，是不是莫克就可以幫他拿到更多的工程呢？

張作鵬笑了笑說：「是這樣的，莫書記，我們鵬達集團在施工過程中，如果按照原訂的施工方案進行的話，是有困難的。您知道，實際情形跟設計圖紙上總是有些差距，要想保質保量的完成這個項目，恐怕原定的方案就必須做一些修改。」

原來張作鵬的目的在這裏啊，修改原定方案，一定是想增加工程量，增加工程量，張作鵬的路橋集團就能拿到更多的工程款，這才是張作鵬要修改工程方案的真正原因。

不過莫克心中並不反對張作鵬這麼做，張作鵬這麼做，他才能拿到更多的好處，便說：「張董啊，這不是不可以，不過，要修改施工方案，需要我們雙方共同研究才能確定，恐怕有些難度。」

張作鵬看莫克並沒有一口拒絕說不能修改方案，僅僅說是有難度，這就說明在裏面有運作的空間。這就好辦了，看來莫克跟他想到一塊了，都想利用雲泰公路謀取利益的最大化。

張作鵬便說：「有您莫書記在，再難的事也能克服的。這可是爲了保證工程的品質，莫書記應該有辦法解決的吧？請您放心，某些必要的事我會做好安排的，到時候保證讓莫書記沒有後顧之憂。」

張作鵬這是在暗示莫克：該給他的好處一定不會少，莫克想要的就是張作鵬的這個承諾，便笑笑說：「要解決的話，你們鵬達集團起碼也要先拿出一個修改的方案啊？我們好根據方案做詳細的研究。」

張作鵬立即說：「莫書記您放心，我會儘快拿出方案給您的。」

莫克便說：「那行，你把方案拿出來後，我們再來討論怎麼辦吧。」

到此，張作鵬已經達到了他此行的目的，就跟莫克又閒聊了幾句，便告辭說他還要趕回省城，不陪莫克多聊了。

當莫克送張作鵬出海川大酒店，張作鵬正準備上車時，忽然一拍腦袋說：「你看我這記性，從省城來的時候，我給莫書記帶了點小禮物。莫書記，您可千萬別推辭啊，不是什麼貴重的東西。」

說著，張作鵬便打開後車箱，從後車箱裏拎了一個紙袋出來。

莫克一看紙袋上的商標，就笑說：「是『雅香齋』的糕點，我最喜歡吃了。」

「雅香齋」是齊州一家老字號的糕餅店，有上百年歷史，做出來的糕點香糯而不膩，住過齊州的人基本都知道這家店的糕點好吃。

張作鵬殷勤地說：「我知道莫書記在齊州待過一段時間，猜想你會喜歡『雅香齋』的糕點，想不到還真被我蒙對了。」

莫克說：「如果是別的禮物，我就不拿了，這個嘛，我收下，謝謝張董這麼有心啊。」

張作鵬忙說：「莫書記真是太客氣了，這麼一袋糕點也不值幾個錢，值得您這麼謝我嗎。」

莫克笑笑說：「值得，糕餅不值錢，張董的心意卻是很重啊。」

張作鵬笑了，說：「莫書記這話倒不假，我的心意還真是十足的。好了，時間也不早了，我要趕緊上路了。」說完就離開了。

莫克也拎著糕點上了車。

上車後，他把紙袋裏的糕點拿了出來，果然在紙袋的最底下看到一張銀行金卡。莫克趁司機沒注意，將卡拿出來握在手裏，然後故意對司機說：

「這個張董，拿這麼多糕點過來幹嘛啊，我又不愛吃甜食，不接受吧，又掃了他的面子。不過，這家糕點確實很好吃，回頭你帶回去給家裏的孩子吃吧。」

莫克說著，將紙袋放到司機的座位旁，自己則是裝作很隨意的樣子，若無其事的將金卡揣進了口袋裏。

晚上，莫克應酬完回到家，從口袋裏拿出金卡，放在桌上端詳著。不用查，他也知道這種金卡裏面最少有二十萬。這二十萬要是讓一個工薪階級去賺，最少也要六年的時間。但今天他什麼都還沒做，只是跟張作鵬聊了幾句，錢就神不知鬼不覺的進了他的腰包了。

莫克開始覺得以前他的小心謹慎真是多餘，且不說方晶捲走的那一大筆錢到現在也沒人察覺，就說今天張作鵬送的這張金卡吧，張作鵬不說，誰會知道啊？他只要滿足了張作鵬的要求，張作鵬又怎麼會對外人說呢？

別人看到的只是張作鵬送給他一袋糕點。而他又把這袋糕點送給了司機，間接讓司機證實只是糕點，沒有其他的東西。但實際上，利益的輸送卻透過這種公開的形式完成了。

這是一個互利的共犯結構，只要滿足這個結構中每個人的需求，共犯中的成員不出問題，就沒有人會知道這裏面發生的利益輸送。難怪有人說，這年頭撐死膽大的，餓死膽小的。自己這麼多年沒有好好的利用職務上的便利謀取利益，實在是太膽小了點。如果早這麼放開手腳，大膽的去做，錢早就該撈足了。

人就是應該心眼靈活一點，不要像那個傅華，明明美女往身上貼，他卻不接受，結果怎麼樣？被美女設計了，搞出豔照貼到網上，不但聲名狼藉，家庭和事業還雙雙陷入困境。你說這不是死心眼又是什麼呢？就像這次被停職也是，他就沒想過要找關係來溝通一下，死等著紀委得出結論。哼，我就不做出報告，看你能怎麼辦？

想到這些，莫克發現自己其實是很嫉妒傅華的。他這一生所期待的、費盡心思想要得到的東西，女人、權力、金錢，哪一樣對傅華來說不是輕而易舉的？特別是方晶，自己費盡了九牛二虎之力，還是沒得到她的芳心；而方晶那麼喜歡傅華，傅華卻根本不拿方晶當回事，這讓莫克覺得情何以堪啊。

就爲了這一點，莫克也覺得不能輕易放過傅華，最好讓傅華的豔照事件一直調查不完，這樣就能一直不讓傅華復職了。

北京，傅華家中。

又是一個無事可做的日子了，傅華起來已經將近十點，他隨便打發了早餐。正在思索著這天他要做什麼好時，手機響了起來。

他心裏很高興，有人打電話來，就表示是找他有事，他就可以打發掉不少時間啦。意外的是徐筠的號碼，是不是鄭莉和傅瑾出了什麼事了？他趕緊接通電話。

「筠姐，是不是小莉有什麼事要你跟我說啊？」

徐筠猶豫了一下，說：「傅華，本來小莉不讓我告訴你的，但是我想了想，如果不告訴你，你一定會恨我的。」

聽徐筠這麼說，傅華的心緊張了起來，徐筠做事一向大咧咧的，很少這麼吞吞吐吐的說話，他趕忙追問道：「筠姐，你快說，究竟是什麼事啊？」

徐筠艱難地說：「傅華，小莉要帶著傅瑾去法國了。」

「什麼，小莉帶傅瑾去法國幹什麼？」傅華訝異地道。

徐筠說：「豔照的事在小莉心中始終是個陰影，讓她一直心情鬱鬱不樂，正好她以前一位要好的同學定居在巴黎，知道這個情況後，就讓她帶著孩子過去住一段時間，一方面放鬆下心情；再者巴黎又是時裝之都，小莉也可以趁機學習最新的時裝設計。小莉就動心了，決定帶著傅瑾去法國。」

傅華緊張地問：「筠姐，這是什麼時候的事啊？」

徐筠說：「有段時間了，小莉護照什麼的都辦好了，今天的飛機飛巴黎。」

「什麼，今天的飛機？」傅華驚叫起來：「筠姐，你怎麼不早說啊？幾點的飛機啊？」

徐筠爲難地說：「我也想早點說啊，可是小莉不讓我跟你說。傅華，現在飛機還沒起飛，不過鄭莉已經去機場了，你趕緊去機場，也許能夠勸小莉留下來，不然你們夫妻就要分離好長一段時間了，到時候還真的不知道……」

「好了筠姐，」傅華打斷徐筠的話，說：「我不跟你說了，我馬上去機場把小莉挽留下來。」

傅華掛斷電話，拿著車鑰匙就衝出家門。

他直奔自己的車子而去，剛想開車門上車時，身後有人叫了一聲：「傅華，你等一下走，我有話要跟你說，我希望你以後不要再去找小婷了……」

傅華回頭一看，跟他說話的人是John，這時候他急著去機場追鄭莉回來，哪裡還有心思跟John囉嗦啊，就煩躁的打斷John的話，叫道：「你給我滾一邊去，我現在有急事，沒時間跟你囉嗦。」

傅華說完就準備上車，沒想到John從背後一把拽住了他，不讓他上車。傅華氣急了，轉過身想推開John。剛轉過身來，就看到John的手中握著明晃晃的一把匕首，衝著他直喊道：「都是你害我不能跟小婷在一起的，都是你害我不能跟小婷在一起的。」

接著，手裏的匕首就往傅華的腹部不斷地捅著。

傅華感覺腹部一陣劇痛，鮮血從腹部湧了出來，他想去奪下John手裏的匕首，制止John的行爲，卻發現他渾身無力，接著眼前一黑，身子一軟，就滑倒在地，隨即失去了知覺。

傅華感覺自己渾身輕飄飄的，好像要隨風飄走似的，說不出來的舒服和自在。半空中，有一個白色亮點，他的身體就緩緩飄向那個亮點，彷彿那個亮點有什麼吸力在吸著他一樣。

這時，他回頭往下面看了一眼，驚訝的看到一張白色的床上，躺著一個帶著氧氣罩，正在打點滴的男人。

傅華心說：這個人的樣子怎麼這麼面熟呢？我在什麼地方見過他？他好像是我一個很好的朋友，而且是熟悉到不能再熟悉的那種程度，可是我爲什麼叫不出他的名字呢？

就在這時，傅華聽到趴在男人身旁的女人梨花帶淚地哭泣道：「傅華，你可別嚇我啊，快醒醒啊，你如果不醒過來，小昭跟我要爸爸，我該怎麼回答他啊？」

傅華愣了半晌，這才反應過來躺在床上的正是他自己，難怪看上去那麼熟悉。

傅華也認出了床邊正在哭泣的女人是趙婷。趙婷在哭什麼，難到自己快要死掉了嗎？那可不行，自己還有很多事情沒做，好像……

傅華忽然發現他忘記了他究竟還有什麼事要去做，這些事情就在嘴邊，但是他卻說不出來。他的腦袋裏似乎是一片空白，不知道他是因爲什麼被送到醫院的，也記不得之前發生了什麼事。他這是怎麼了？

傅華心裏一急，飄在半空中的他就落回到身體裏，手動了一下，想要去推趴在床邊哭泣的趙婷，卻發現胳膊有千金重一樣，怎麼也抬不起來。

他越發著急了，衝著趙婷叫道：「小婷，我這是怎麼了？」

傅華覺得自己喊得很大聲，沒想到聽到耳朵裏卻是很虛弱的聲音，再加上他戴著氧氣罩，聲音嗡嗡的，有點像蚊子叫一樣。

不過，聲音雖然很輕微，趙婷卻聽到了，她驚訝的抬起頭來看著傅華，搖了搖傅華的胳膊，說：「傅華，剛才是不是你說話了，你是不是醒了？」

傅華朝趙婷點了點頭，強笑了一下。

「你醒了？傅華，你醒了?!」趙婷驚喜的叫道。

傅華費勁的點了點頭，趙婷趕緊幫他拿掉氧氣罩，他虛弱地說：「小婷，你哭什麼啊？我到底怎麼了？怎麼會躺在病房裏啊？」

趙婷詫異地說：「你不記得了嗎？你被John用匕首捅傷了，差一點就沒命了。」

傅華苦笑說：「被John捅傷了？我怎麼腦子裏一點印象都沒有啊？John爲什麼要傷害我啊，你沒搞錯吧？」

「我沒搞錯，John捅傷你之後，就去派出所自首了，警察這才找到你，把你送到醫院來的。傅華，這都是我害你的，如果不是你阻攔John來糾纏我，John也不會傷害你的。」趙婷自責地說。

傅華的記憶慢慢被喚醒了，他記起他好像是要上車時，被John從後面喊住，然後他急著要離開，John不讓他走，於是捅了他。

「是這樣啊，誒，小婷，我受了什麼傷啊，怎麼身體這麼重，胳膊都抬不起來？」傅華問。

趙婷回說：「你這是失血過多造成的，你現在身體太虛弱，醫生說你要休養一段時間才行。萬幸的是，John只是刺到你的胃，沒有往上傷到你的心臟，如果再往上一點，你就一命嗚呼了。」

傅華自嘲道：「看來老天爺還不想把我收回去啊。」

趙婷擔心地說：「還說呢，你昏迷了三天三夜，醫生說如果你再不醒，可能會變成植物人，嚇死我了。」

傅華笑說：「我怎麼敢不醒來啊，我不醒來就見不到小昭和傅瑾了。」

說到傅瑾，傅華愣了一下，他想起來了，他是想去機場把鄭莉和傅瑾給追回來，才會從家裏出來，才遇到John的。不知道鄭莉和傅瑾究竟有沒有去巴黎？也許他出事，鄭莉和傅瑾就沒去法國了也不一定。

傅華很想問問趙婷，鄭莉和傅瑾究竟去沒去巴黎，沒想到話到嘴邊，他卻不知道該怎麼說，他著急的說：「小瑾，小瑾……」

趙婷看了他一眼，嘆了口氣說：「你別急，我知道你想說什麼，你想問鄭莉和傅瑾有沒有去法國是吧？他們現在已經在法國了。」

傅華納悶地說：「可是小婷，爲什麼我剛才想說這個意思卻說不出來呢？我的腦子竟然不知道該怎麼表達。」

趙婷解釋說：「傅華，你別急，這是有原因的。在你昏迷的時候，醫生幫你做了詳細的檢查，發現你大腦的語言功能區受了點損傷，推測可能是因爲失血過多，造成你大腦有段時間缺氧，傷害到了管語言功能的一些腦細胞，所以你說話有時會發現找不到辭彙來表達。」

傅華苦笑了一下，說：「是這樣啊。」

趙婷安慰說：「你也別太擔心，醫生說這個是可以恢復的。好了，還是讓醫生跟你說吧，你等一下，我去告訴醫生你醒了。」

趙婷便趕緊去通知醫生，一會兒，醫生過來給傅華做了檢查，然後對趙婷說：「病人的狀況還不錯，不過他剛醒，需要靜養，儘量少跟他說話。」又交代了一些需要注意的事項，就離開了。

趙婷對傅華說：「你休息一會兒，我去打電話跟爸爸說你醒了。你不知道這幾天爸爸真是急死了。」

傅華閉上了眼睛，趙婷在他面前一直不提鄭莉，顯然鄭莉並沒有從法國趕回來的意思。不然趙婷一定會先告訴他鄭莉會回來，好讓他安心的。

這時候他才意識到，表面上看，他和鄭莉似乎很恩愛，彼此間相互信任，給對方很大的空間，但事實上，他們的感情也好，信任也好，都是很脆弱的，一次豔照風波就把看上去似乎很堅固的感情給敲擊得粉碎不堪，甚至連他在生死之間掙扎的時候，鄭莉都不肯原諒他，不回來陪伴他。

原來所謂的愛情、一輩子的承諾，卻是這麼的不堪一擊。傅華心裏一陣劇痛，某些他一直堅信的東西在這一瞬間破碎幻滅了。這種傷害，讓他感覺比John用匕首捅他的時候還要痛。

過了半個多小時，趙凱匆忙趕了過來。

傅華看到趙凱，想要開口訴說心中的委屈，趙凱卻對著他一擺手，說：「傅華，你現在什麼都別說了，什麼都別想，一切都等養好傷再說。」

傅華點點頭，他很慶幸遇到了趙凱，趙凱總是能在他最需要後援的時候，給他堅定的精神支持。

趙凱陪著他坐了一會兒，然後告訴趙婷，他會讓保姆煮好粥送過來，這才離開。

趙凱走後，傅華對趙婷說：「小婷，我看你這麼疲憊，你找地方先休息一會兒吧。」

趙婷卻說：「我不累，看到你醒來，我心裏不知道多高興。你別管我了，我只想陪著你。」

傅華也就不再勸趙婷，閉上眼睛休息。

睡了一個多小時，保姆正好送來煮好的粥，傅華吃了一點，身體開始慢慢有了點力氣，便問趙婷，John現在怎麼樣了？

趙婷說：「還能怎麼樣，他把你傷成這個樣子，自然是被公安部門拘留了。」

傅華嘆了口氣，說：「這傢伙也是的，鬧成這樣子又何苦呢？」

趙婷不禁說：「你都這樣子了，還去可憐他？」

傅華苦笑說：「其實John爲人不壞，只是鑽進牛角尖裏了。」

趙婷不高興地說：「那你這意思是我壞囉，是我害他這樣子的是吧？」

傅華看趙婷的孩子氣又上來了，趕忙陪笑說：「我可沒這個意思。John這個樣子也好，以後他就再也不能糾纏你了。」

趙婷白了傅華一眼，心疼說：「我倒寧願被他糾纏，也不想看到你這個樣子。」

傅華知道自己又說錯話了，趕忙笑笑說：「好了，我有點累了，我想睡一會兒。」

趙婷這才不跟他說話，傅華閉上眼睡了過去。

第二天一早醒來，傅華感覺身體上的氣力在慢慢恢復，看來他的狀態在持續的好轉。醫生來查房的時候，也說他恢復的不錯，傅華就問起他大腦語言功能區受損的事情來。

醫生笑了笑說：「你這種狀況我很少接觸到，不過，在國外有這種病例，通常是可以通過一些強化練習來讓受損的功能恢復的。」

傅華說：「醫生，你說的通常是什麼意思，是不是說也可能不能恢復啊？」

醫生說：「你這種情況本身就是很罕見的，可參照的例子不多，會不會不能回復也沒有一個肯定的說法。不過，你要有樂觀的信念，樂觀往往能幫助你恢復的。」

傅華笑了笑，沒再說什麼，他覺得醫生的這種說法，安慰的成分居多。不過，就算不能恢復也沒什麼，頂多是表達上比較詞不達意罷了。

下午趙凱再次來看他，看到傅華有精神多了，鬆了口氣，說：「我這輩子從來沒有這麼擔心過，如果你真的醒不過來，可就是我們趙家害你的了。」

傅華笑說：「爸爸，你別這樣子，事情是John做的，與您和小婷無關。」

趙凱搖搖頭，說：「哎，雖然是John做的，但卻是小婷把他刺激成這樣的。」

傅華趕緊說：「爸，您別這麼說，是John這種人拿不起放不下。」

趙凱說：「行了，我們不說這個混蛋了。傅華啊，你現在大概知道了鄭莉不肯從法國回來的事了吧？」

傅華無奈地說：「小婷雖然沒說，但我早猜到了。」

趙凱安慰傅華說：「你這次可能傷害她太深了。原本看你出事，我還以為是促成你們和好的一個契機，就給鄭莉打了個電話，沒想到她還是固執的不肯回來。你千萬別把這件事放在心上，好好養傷才是。」

傅華點點頭說：「我知道，爸爸。」

趙凱又說：「你也別去怪鄭莉，感情有時候是不能用理智去衡量的。在某個時刻，就像中了邪一樣，小婷當初鬧著跟你離婚，現在又跟John鬧成今天這個局面，John明知小婷不願意再跟他在一起了，卻偏偏纏著她不放。這其實都是因爲感情上一時看不開才會這麼偏執的，我想鄭莉現在的心理狀況也是這樣。」

傅華理解地說：「我沒怪小莉，這是我咎由自取。只是我沒想到我和小莉間的感情竟然這麼脆弱。」

趙凱笑笑說：「傅華啊，這是你還年輕，沒經歷過太多事情，如果你到了我這個年紀，你就會明白，很多事並不像書上所說的那麼美好，時間和磨難會改變很多東西，你以爲堅不可破的東西，比如友誼啊、愛情啊什麼的，往往很輕易的就會被擊潰。」

傅華深有同感地說：「爸爸，您說的真有道理。就比方說這次的豔照事件吧，金達居然對我不聞不問，連通電話都沒有，枉我一直拿他當朋友看呢。」

趙凱聽了，不禁笑說：「傅華，你天真就天真在這兒，你看政壇上有幾個是真正的朋友啊?!」

說到這裏，趙凱看了看傅華，嚴肅地說：「傅華，我一向不願意干涉你，你有你的個性和行事風格，干涉不但不會對你有幫助，反而會讓你對我產生排斥心理。」

傅華承認說：「我個性是固執了點，但是爸爸，您的意見我都很認真聽的，您也給了我很大的啓迪，讓我受益匪淺。」

趙凱笑說：「那是因爲我跟你說的話，我自己有分寸。但今天我想跟你說幾句超出分寸的話，不知道你能不能聽得進去。」

傅華很真摯地說：「爸爸，雖然我們是因爲小婷才聯繫到一起的，但是在我心中，一直是拿您當做親生父親一樣尊重，有什麼話您儘管說，就是指著鼻子罵我都可以。」

趙凱笑笑說：「我不會指著鼻子罵你的，但是我今天說的話，可能對你來說很不入耳。其實這些話我早就想對你說了，可是擔心會傷害你的自尊，所以一直壓在心底沒說。」

傅華用誠摯的眼神看著趙凱說：「爸爸，不管你說什麼，我知道您都是爲了我好。您就放心大膽的講，我一定會認真聽取您的意見的。」

趙凱說：「那我可說了。傅華，你不覺得你現在做人做事都有些問題嗎？甚至可以說，你一直以來所堅持的什麼原則都是不成立的。」

傅華愣了一下，雖然趙凱前面做了那麼多的鋪墊，他心裏對趙凱會說重話已經有了心理上的準備，但他還是沒想到趙凱一開口就否定他所有的一切，這還真是讓他有點接受不了。

不過，傅華知道趙凱不會無的放矢，就苦笑了一下，說：「可能真的有問題吧，不然我也不會像現在這樣身陷困境。」

趙凱認真地說：「對啊，你之所以現在身陷困境，也是與這個有關。你注意到沒有，只要你遇到一個不欣賞你的領導，你就會深陷這種困境之中。你知道這是爲什麼嗎？」

傅華想起了他先後遇到的徐正、穆廣，還有現在的莫克，似乎真像趙凱說的，只要碰到不欣賞他的領導，他的處境就變得被動起來，做什麼事都很累。

傅華想了想說：「我想，可能是因爲我跟他們的行事作風格格不入，他們把我當做一個阻礙，都想除掉我吧。」

趙凱搖搖頭說：「不對，你這麼想就把事情簡單化了。好像這些領導們只要遇到跟他們不投機的人就會想辦法整人而已。」

傅華愣了一下，說：「不對嗎？我遇到的這幾位領導可都是這樣子的啊。」

趙凱不以爲然地說：「不對，如果那些領導一遇到不投機的部下就去整他，那他們根本就做不到那麼高的位置。」

傅華又猜說：「要不就是我礙了他們的事，他們自然想除掉我。」

傅華說的也是事實，他這個駐京辦主任消息靈通，知道很多不該知道的事，自然犯了某些人的忌諱。

趙凱再次搖搖頭說：「也不是，也許你說的是原因之一，但絕不是根本上的原因。」

傅華想了半天也想不出來，就說：「爸爸，我真是想不出來。您就別跟我打啞謎了，直接告訴我吧。」

趙凱揭開謎底說：「行，那我就告訴你，根本原因就在於：他們認爲你是可以任意拿捏的，他們覺得整你無需付出什麼代價，也就是說，他們並不怕你。」

傅華聽了，笑了起來，說：「爸爸，您這個說法我無法苟同，他們是我的領導，我自然需要服從他們，怎麼讓他們怕我啊？」

趙凱笑說：「這就是你認知上的錯誤了。你是他們的下級，就沒辦法讓他們怕你了嗎？你知道芒刺在背的典故吧？」

傅華點點頭說：「知道啊，這個典故出自東漢班固《漢書》霍光傳。」

這個故事是說漢武帝死後，年僅八歲的小兒子劉弗陵即位，史稱漢昭帝。按照武帝的遺詔，由霍光、桑弘羊等人輔政。昭帝的壽命不長，廿一歲就死了，沒有兒子，於是霍光把武帝的孫子劉賀立爲皇帝。

後來，霍光發現劉賀整天尋歡作樂，便與大臣商量，把劉賀廢掉，另立武帝的曾孫劉詢爲帝。這就是漢宣帝。

劉詢雖然成了皇帝，但他知道霍光的權勢很大，他的生死存廢完全取決於霍光，因此對霍光十分的害怕。劉詢去謁見祖廟的時候，霍光就坐在馬車一側陪侍，皇帝見霍光身材高大，臉容嚴峻，便覺得惶恐不安，像有芒刺在背上那樣難受。此後，宣帝見到霍光總是小心翼翼。直到霍光病死，宣帝才感到無拘無束，行動自由了。

趙凱說：「既然你知道這個典故，那你告訴我，漢宣帝貴爲皇帝，應該可以主宰所有臣民的生死，爲什麼還要怕霍光呢？」

傅華回答說：「那是因爲霍光控制了整個漢朝的局勢，漢宣帝雖然貴爲皇帝，卻也在霍光的掌控之中，他如果不怕霍光的話，恐怕霍光早就把他處理掉了。」

趙凱笑說：「你這不是挺明白的嘛。」

說到這裏，傅華明白趙凱想表達什麼意思了。趙凱是想提醒他，應該想辦法掌控局面，讓他的上司害怕他。

雖然傅華覺得很有道理，就他目前掌控的人脈資源來看，要做到這一點，也不是沒有可能。但這與他一貫的行事風格和理念完全是抵觸的，他一向認爲應該儘量做好本職工作，不去違逆上級的意思，腦海裏從沒動過要去控制上級，讓上級怕他的念頭。

傅華苦笑了一下，說：「爸爸，這個嘛……」

趙凱說：「我知道你想表達什麼，你認爲這樣做是錯的，是不應該的，對吧？」

傅華點點頭，說：「是啊，我覺得身爲一個官員，本來就應該服從領導，做好工作，而不是……」

趙凱笑說：「讓領導害怕你是吧？傅華，我沒說不要做好工作啊，我只是說，你要有讓領導害怕你的地方，讓他不敢來整你，甚至連動這個念頭都不行。」

傅華撓了撓頭，他覺得趙凱的話似是而非，看似有道理，但是好像又有什麼地方說不通，他很想反駁趙凱，但是一時之間，腦子裏找不到什麼辭彙來反駁，只好結巴地說：「這個嘛，這個嘛……」

趙凱看傅華語塞的樣子說：「別急，我知道這與你一貫的道德理念相抵觸，所以你認爲不應該這樣子，對吧？」

傅華點點頭說：「我就是這個意思。。」

趙凱笑說：「傅華，你還記得當初你第一次跟小婷去家裏吃飯，我跟你說過的話嗎？」

傅華點點頭說：「我還記得，只是那天我們聊了很多，不知道您指的是哪句話？」

趙凱說：「當時我讓你看北京的夜景，然後跟你說，這些漂亮的高樓大廈背後，百分之九十以上都充滿了爾虞我詐，有著見不得陽光的一面，你還記得嗎？」

傅華回想了一下，說：「是有這麼一句話。」

趙凱說：「傅華，你想沒想過，我跟你說的那句話，其實還有另外一層含義。」

傅華困疑的說：「另一層含義？是什麼啊？」

趙凱說：「就是如果沒有這百分之九十的爾虞我詐，北京根本就沒辦法建成這麼漂亮的樣子，也許到現在還是破破爛爛的呢。也就是說，要做事，是要玩一點手段的，即使這些手段上不了臺面。否則你只會一事無成。」

傅華點點頭，他贊同趙凱的這個觀點，

「這倒是，不過，您跟我說這些是什麼意思啊？」

趙凱點醒他說：「你還不明白嗎？你現在之所以處處被動，老是被人當箭靶子，就是因爲你沒有很好地利用你現有的人脈資源，構建起一個讓他們不敢動你，甚至怕你的局面出來。」

趙凱看了傅華一眼，說：「傅華，我知道你心裏可能很排斥這種說法，也不想這麼做。不過我勸你還是好好想想，我不是說讓你建立這樣的局面來爲自己謀取利益，而是讓自己立於不敗之地。你又不是做不到這一點，在這個世界上，實力是最重要的。既然你具備這樣的實力，爲什麼還要讓人當軟柿子捏過來捏過去的呢？」

傅華垂下了頭，沒說什麼，但是心裏已經開始認同趙凱說的話是有道理的。

趙凱接著說道：「可能你不願意借助你身後的背景來幫你做什麼，但是這種精神上的潔癖是沒必要的，也是自欺欺人的。我記得當初我就說過，你跟小婷走到一起，日後別人評價你，必然離不開我趙凱，也一定會有人在背後指指點點，說你是沾了小婷的光。你選擇了小婷，實際上就是選擇了她的背景。」

傅華說：「是的，爸爸，我記得很清楚當時您是這樣說過。」

趙凱說：「你既然還記得，那就應該知道你跟你身後的背景是分不開的，別人提起你來，就會說你是趙婷的前夫，是鄭老的孫女婿。你已經打上了這些烙印，再撇清也沒有用。」

聽趙凱這麼說，傅華忽然覺得自己真是有點掩耳盜鈴了，他雖然不想利用鄭老、趙凱的背景來做什麼，但是就算他不利用，這些關係也會跟隨著他。別人考量他，也離不開他的背景。他只好苦笑說：「這倒也是。」

趙凱又說：「另外一方面，權力是有邊際效應的，你做什麼事，別人第一個想到的不是你這麼做應不應該，而是你這麼做是得到了你身後的背景支持，然後他們就會根據你的背景，做出他們自己的考量。這個考量完全是從實力的角度出發的，他們的實力能夠對抗你，又不需要你幫他們什麼，他們就會反對你；反之，你的實力比較硬，他們需要你，他們就會支持你。事情就是這麼簡單，無關乎什麼道德原則的。」

趙凱的話雖然說的很直接很無情，卻是直擊核心；說到底，在政壇上，還是需要靠實力來說話的。

趙凱又說：「傅華，本來我以爲你做這個駐京辦主任應該很灑脫自在，你身上有一個很多人都沒有的優點，那就是你對權力財富這些都不熱衷，不是你不想要這些，而是你知道適可而止。所以你本來應該是很超脫的，不該這麼處處被動。你之所以現在處處被動，身陷困境，其實都是自找的。你被白己的道德原則束縛住了手腳。如果你能放開這些，這些困境根本就不會存在。」

趙凱說的也許很有道理，但是這種思維方向和模式，卻跟傅華以前的想法截然相反，這讓他心理一時難以適應，他始終對官場還是存有著一絲理想主義的幻想。

趙凱看傅華不說話，就知道傅華心中並不真的認同他的觀點，就笑笑說：「我今天跟你說這些，你可能一時之間接受不了，不過你也不要急著否定，你現在需要養病，你可以利用這段時間好好想一想我說的是不是有道理。」

傅華點點頭說：「我曾認真思考的。」

第三章

咎由自取

趙凱說他工作上陷入目前這種困境，是咎由自取，
他大可利用身邊的資源讓自己不陷入困境的。
這也讓傅華十分苦惱，這是他為人行事的根本，
如果這些都被否定了，那他堅守了這麼多年，真是毫無意義了。

轉天，徐筠帶著水果來看傅華。一看到傅華，徐筠就心疼的說：「傅華，你怎麼會被搞成這個樣子啊？」

傅華說：「陰差陽錯吧，謝謝你來看我。請坐，筠姐。」

徐筠坐到傅華的病床旁，說：「傅華，我知道你現在一定很希望小莉和傅瑾能夠陪在你身邊，我也想這樣，但是你知道小莉的個性很固執，我還是沒能勸得動她。不過她讓我轉告你，好好養傷，保重身體。」

傅華已經從趙凱那裏知道鄭莉的態度了，趙凱是長輩，他說的話鄭莉都不聽，更何況徐筠。

傅華淡淡的說：「謝謝你，筠姐，小莉如果在法國生活的愉快，那就讓她留在那裏吧，你不用再幫我勸她回來了。」

徐筠愣了一下，看了傅華好半天，然後說：「傅華，我怎麼聽你的口氣有些不對啊？你好像是不想盡力爭取，讓小莉回到你身邊了？」

傅華十分無奈地說：「我想啊，只是我再想也無法讓小莉回來啊！何況我現在這個樣子，也沒有什麼力氣去爭取讓小莉回來。」

徐筠著急地勸說：「傅華，你可別放棄啊。如果你放棄了，你和小莉可能就真的散了。你們倆可是我朋友圈裏少見的恩愛眷侶，如果連你們都散了，那我就再也不相信愛情了。」

在傅華心裏，對鄭莉明知道他受傷，在生死邊緣徘徊，卻仍然不肯原諒他，是感覺很傷心的。誠然他有錯，但自己的錯也還沒到十惡不赦的程度，鄭莉這麼做，實在是有點過分了。

傅華笑笑說：「我也沒說要散啊，不過怎麼說呢……」

傅華突然腦袋又卡住了，只好說：「筠姐，你看我現在這樣，連句話都說不清楚。哎，算了，不說了。」

徐筠看傅華這樣，憤憤不平地說：「小莉真是有點過分了，回頭我就去罵她，讓她回來看你。」

傅華搖搖頭說：「算了筠姐，你不要管了，還是一切隨緣吧。」

待徐筠走後，病房裏就剩下傅華一個人，周圍一片沉寂。傅華忽然覺得做人很沒有意思，他曾經跟兩個女人許下要相伴一生的諾言，要跟對方廝守到白頭偕老。但轉瞬間，這兩個女人卻都離開了他。這世界上真的有堅貞不變的愛情嗎？

方晶、談紅喜歡他，是他的錯嗎？鄭莉以前對這些一向寬容，也正是因爲鄭莉的寬容，才讓他跟這些女人們來往如此放鬆，沒有注意到小節，今天出了問題，好像一切都是他一個人的錯，難道鄭莉的寬容不是對他的縱容和放任嗎？難道她就一點責任都沒有嗎？

傅華自問，爲了守護他和鄭莉的這段婚姻，他下了很大力氣才抵禦住別的女人的誘惑。然而最後換來的卻是鄭莉的絕情以對，這讓他十分心痛，不免懷疑他的堅守是值得的嗎？

另一方面，趙凱說他工作上陷入目前這種困境，也是咎由自取，他大可利用身邊的資源讓自己不陷入困境的。這也讓傅華十分苦惱，這是他爲人行事的根本，如果這些都被否定了，那他堅守了這麼多年，真是毫無意義了。

駐京辦主任本來就是一個在政商兩界遊走的一個角色，消息靈通，人脈廣泛，真要像趙凱所說的那樣，借助這些，讓海川市上上下下都不敢小覷他，並不是不可能。特別是他身後還有鄭老這些雄厚的背景在，要做到這一點更是容易。但是他真的要這麼做嗎？

他一向尊重別人，別人卻把他的尊重當做是軟弱的象徵，從而想盡辦法來整他。那他是不是應該利用身邊的資源，對那些想要整他的人給予有力的還擊呢？

傅華腦子亂了，他一會兒覺得應該堅守信念，繼續以往的行事風格；一會兒又覺得不能再被欺負下去，就一直這麼糾結著，得不到結論，最後只能暫時放棄，不再想它。

陸續又有不少人來看傅華，包括蘇南和曉菲也來了，孫守義則是讓沈佳代表來看他。

這次金達倒是打了電話來詢問傅華的傷情，讓傅華什麼都不要管，安心養傷，但隻字未提豔照的事，似乎這件事根本就沒發生過一樣。

在大家的關心下，傅華的傷口慢慢地癒合，不過，他的失語症還是沒有改善多少，一遇到著急的時候，他還是無法清晰地表達出自己的意思。

由於失血過多，傅華感覺元氣大傷，動一動就會覺得疲憊，不得不在醫生的指導下做些復健的訓練。

這天，他正在病房裏做復健練習，趙婷在一旁陪著他，曲煒推開門走了進來。

傅華愣了一下，意外地說：「市長，您怎麼來了？」

曲煒瞪了傅華一眼，說：「我怎麼來了？我來看你啦。你也是的，出了這麼大的事也不跟我說一聲。我是昨天跟海川一個同志聊起你來，才知道你被人捅傷了，我急得趕緊找了個理由就來北京看你啦。」

傅華不好意思地說：「我沒事的，市長。再說這也不是什麼光彩的事，我告訴您幹嘛啊。」

趙婷跟曲煒打了招呼，拿凳子給曲煒坐，然後扶著傅華坐了起來。

曲煒上下打量了傅華半天，笑笑說：「傅華，你的氣色雖然差了點，但是精神還可以，看來恢復得不錯，趙婷啊，辛苦你照顧他了。」

趙婷笑說：「市長，謝我幹什麼，我照顧他也是應該的，您坐，我去給您洗點水果。」就出了病房。

曲煒看了看傅華，說：「傅華啊，你這小子走運就走運在女人身上，趙婷都跟你離婚了，還對你這麼好。不過，你倒楣也是倒楣在這上面，正所謂成也蕭何，敗也蕭何啊。」

傅華笑說：「是啊。」

曲煒奇怪地說：「你現在這樣子，鄭莉也不來照顧你？」

傅華搖搖頭，說：「她在我出事那一天去了巴黎，一直沒回來。」

曲煒感嘆說：「她的心也夠硬的了，不過也難怪，你找的這倆個主兒都是大戶人家嬌生慣養出來的，心高氣傲，她們跟了你，可能都覺得有些屈身低就了，你如果再出個什麼狀況，自然無法原諒你。這就是娶大戶人家女兒的壞處啊。」

傅華聽了說：「還是市長您看得透澈，也許真是這麼一回事吧。」

曲煒說：「不是也許，就是這麼回事。誒，你的事處理得怎麼樣了？」

傅華苦笑說：「還能怎麼樣啊，拖在那裏，現在都沒人過問了。」

曲煒說：「這個莫克還真拿這當回事了，他想拖到什麼時候啊？不過現在也無所謂了，我看你要完全恢復，也需要些時日吧？」

傅華說：「是啊，醫生說我現在除了傷口癒合之外，還需要做些復健的訓練，肯定要些時日才行。」

曲煒勸說：「那你就把心放下來，安心治療休養，別的就先不要去管了。」

傅華淡然地說：「我現在也不著急，隨他們去吧。」

曲煒說：「你這個心態不錯，很適合養傷。傅華，我告訴你一件事，我很快就要轉任省委秘書長了。」

傅華高興地說：「恭喜您，市長，您這是高升了。」

省委秘書長和省政府秘書長雖然是平級，都是副省級，但是省委秘書長的職務卻更重要，往往會成爲省委常委，在領導班子裏面排名更靠前。

曲煒說：「高升什麼啊，級別還是一樣的。這不過是呂紀書記用慣我了，希望我跟著他轉任到省委去罷了。」

傅華笑說：「不管怎麼說，對您總是好事，應該恭喜的。」

曲煒說：「傅華，我跟你說這個，不是想讓你恭喜我的，而是有件事想問你，你有沒有意思去省政府辦公廳工作啊？職務也是駐京辦這一塊，東海省駐京辦有一個副主任的空缺，如果你想去，可以接這個位置，還是留在北京，只是換個地方上班而已。」

傅華聽了，說：「市長，您看我這個樣子能去嗎？」

曲煒笑笑說：「不是現在就讓你去上班，我只是想問問你有沒有想去任職的意思。我感覺這個位置很適合你，過去之後，你做的事還是駐京辦這一塊，也不需要重新熟悉，馬上就可以開始。如果你有這個意思，趁我還在省政府這邊，就幫你把這件事給辦了，可以先把職務轉過去，你繼續養你的傷。」

傅華猶豫了一下，這個建議讓他頗爲心動，曲煒這麼做肯定是爲他好，不過考慮到自己目前這個狀態，似乎又不合適在這個時候調動工作，就說道：「市長，我現在這個樣子過去合適嗎？」

曲煒笑笑說：「這有什麼不合適的，我看鄧省長很賞識你，你來省政府，他肯定很歡迎。再說，你現在在海川處境這麼尷尬，來省政府，也可以把這個窘境回避過去。到了省裏，你就調離了原來的工作環境，也沒有人會像莫克一樣追著這件事不放，你的困境也就解決了。」

傅華本來已經動心了，但是聽曲煒這麼說，反而讓他打消了念頭。一來，他不想逃避豔照事件，如果用逃避來解決，那他會一輩子都背負著這件事，即使他沒有受到什麼處分。二來，曲煒說鄧子峰很賞識他，很願意他過去工作，這麼說讓他很不舒服，似乎他是遭難跑去投奔鄧子峰的。鄧子峰確實很賞識他，也邀請他過去工作過，但那時的形勢跟現在截然不同，他現在猶如一條喪家犬，如果這時候去投靠鄧子峰，就算鄧子峰接受他，也不會再像以往那樣看重他了。

傅華便對曲煒搖搖頭說：「市長，我知道您這是爲我打算，不過我不能接受。」

曲煒不解地看著傅華，說：「爲什麼不能接受啊？我看你跟鄧子峰關係很好，你如果去省駐京辦，發展一定會很順遂的。」

傅華解釋說：「市長，您可能對我和鄧省長的關係有所誤解，我們關係是很不錯，但並沒有好到您認爲的那種程度。他確實很欣賞我，不過他欣賞我的是我的才幹，他初到東海，需要一些人協助他開疆拓土。市長，您看我現在這樣，一個病夫不說，還聲名狼藉，別說幫他開疆拓土啦，恐怕還會牽連到他，您覺得鄧省長還會願意再用我嗎？就算他看在以往的情面留用了我，那也會很勉強的，那時我不是處境更尷尬？我又何必從這個尷尬的處境跳到另外一個尷尬的處境中呢？」

曲煒不以爲然地說：「沒這麼嚴重吧？」

傅華笑笑說：「市長，您不知道，我跟鄧省長其實沒有什麼十分密切的關係，我認識他，只是因爲他是我一個朋友的父執輩。這種關係的基礎並不堅實，我還沒天真到把這種關係作爲依靠的地步。」

曲煒聽了說：「看來你對和鄧子峰的關係，還算是有很明智的認識啊。」

傅華看了一眼曲煒，他覺得曲煒說這句話有些地方不太對勁，讓他感覺怪怪的，忍不住問道：「市長，你這麼說是什麼意思啊？」

曲煒說：「我是想跟你說，對鄧子峰你要有所警惕，小心不要被他利用了。」

曲煒這麼說，傅華越發感到不解，道：「被他利用？市長，這究竟是什麼意思啊？我什麼地方會被鄧子峰利用啊？」

曲煒搖了搖頭，說：「傅華啊，我覺得你有時候確實精明過人，但有些時候卻又遲鈍的要命。」

傅華困惑地說：「市長，我什麼地方遲鈍了？」

這時，趙婷洗了水果回來，招呼曲煒說：「市長，吃水果吧。」

曲煒接過水果，跟傅華的談話就中斷了。

傅華還沒聽到曲煒的回答，心裏悶悶的，忍不住問道：「市長，您還沒回答我的問題呢。」

曲煒看了趙婷一眼，有些欲言又止的樣子，趙婷很靈巧，看出曲煒有些話不想當她的面講，就找了個理由說：「市長，您跟傅華聊吧，我正好要出去買點東西。」

曲煒便笑笑說：「那你去吧，這裏有我呢。」

趙婷就離開了，傅華看曲煒這麼神秘，越發感覺怪怪的，似乎曲煒並不是單純爲了看望他的病情才來的。

傅華便說：「市長，您這次來，恐怕不是單純來看我的吧？」

曲煒點點頭，說：「是，你猜得不錯。我來北京，一方面是爲了看看你的傷勢如何；

另一方面，我也是來落實一件事的，而這件事也與你有關。」

傅華馬上接口說：「也與鄧子峰有關，對吧？」

曲煒點了點頭，說：「是的，也與鄧子峰有關。」

傅華舉一反三地說：「那您剛才說讓我去省政府駐京辦工作，是不是有試探我的意思啊？」

曲煒老實的承認說：「沒錯，我的確是有試探你的意思，不過，我說的也不是假話，即使沒有鄧子峰，我也能將你安排進省政府駐京辦，如果你願意的話，我仍然可以幫你促成這件事的。」

傅華有些生氣地說：「市長，我跟您很多年了，我是什麼人您應該很清楚，我們之間有什麼話不能做開來說啊？您有必要這樣來試探我嗎？」

曲煒說：「傅華，你別生氣，實在是這件事太重要，而你在其中起了一個很關鍵的作用，我不先弄清楚你的態度，很多話我沒辦法跟你講的。」

「我起了很關鍵的作用？」傅華越發不解了：「市長，我除了向鄧子峰說明東海的一些情況之外，沒做什麼特別的事啊？」

曲煒笑了笑說：「那是你沒意識到你那麼做，實際上是在幫鄧子峰的忙。你身在局中卻不自知，這就是你遲鈍的地方。」

傅華皺著眉，困惑地道：「究竟是什麼事啊？我怎麼一點都不知道呢？」

曲煒說：「我只要點一個名字，你馬上就明白是怎麼一回事了。」

「誰啊？」傅華問。

曲煒看了一眼傅華，說：「劉善偉這個人，你有印象吧？」

傅華愣住了，他認識劉善偉不假，但是這裏面又有鄧子峰什麼事啊？這兩人好像完全不搭界啊？劉善偉只是通過他瞭解到方晶可以跟莫克溝通上，並沒有任何地方牽涉到鄧子峰啊？他不禁說：

「市長，劉善偉我是認識，只是我不懂這與劉善偉有什麼關係？」

曲煒不禁說道：「傅華，你怎麼這麼笨啊？劉善偉你是怎麼認識的？鄧子峰你又是怎麼認識的啊？」

曲煒一下點到關鍵了，劉善偉和鄧子峰他都是通過蘇南認識的，傅華明白了，原本他沒有往一塊去想的兩個人，其實彼此的關係是很密切的。而這個密切的根源很可能就是蘇南的父親蘇老，如果是這樣的話，蘇南、劉善偉和鄧子峰三人間的關係就不同一般了。

不過，就算三人的關係不同一般，似乎也妨礙不到別人啊？

曲煒看傅華還是一臉的困惑，就說：

「傅華，你還沒想透這其中的關竅嗎？那我再告訴你一件事，雲泰公路是呂書記十分重視的項目，傾注了很多心血，如果這個項目出了什麼問題，那首當其衝的不是別人，一定是呂書記，其次才會是莫克。我這麼說，你該明白了吧？」

傅華不敢相信地說：「市長，您的意思不會是：劉善偉是鄧子峰特意安排的釘子吧？鄧子峰應該不會這麼卑鄙啊。」

曲煒搖搖頭說：「傅華，你不要把這件事往卑鄙不卑鄙上去想，這只是一種政治鬥爭的手法，無關乎人品。你要知道，越是到了高層，政治博弈越是殘酷，如果只講原則，做好人好事，那他一定無法站穩腳跟的。」

傅華雖然認同曲煒的說法，卻無法相信鄧子峰也是會做出這種事情來的人，他搖了搖頭，說：「市長，鄧子峰應該不會這麼做的。」

曲煒說：「是不是他在背後操作這件事，我無法證實，但我知道一點，現在客觀上已經形成了這種局面，鄧子峰只要一發難，雲泰公路項目馬上就會暴露出很大的醜聞，呂書記就會陷入被動的局面了。」

傅華質疑說：「可是鄧子峰發難的話，那豈不是連劉善偉也搭進去了？」

曲煒笑了，說：「傅華啊，把劉善偉搭進去又怎麼樣呢？也許他們一開始設這個局的時候，劉善偉就是一個死子，就是準備好給犧牲掉的。」

傅華雖然臉上維持著鎮靜的表情，心中卻感到很震驚。他並不是震驚這個局設的巧妙，而是震驚這是在他心中一向被視爲正派的鄧子峰做出來的。

他的正義形象瞬間在傅華心中崩塌掉，對傅華來說，感覺就像遭到又一次的背叛，十分難受。

雖然傅華不願意想相信鄧子峰會這麼做，但是以他這些年的政治歷練，卻又不得不承認這件事八九不離十會是真的。每個當官的都想往上爬，但是上層卻沒有那麼多空位，不用點心機手段，根本就不可能上位。

看到傅華難受的表情，曲煒說：「傅華，我知道你對鄧子峰的印象很好，但是你也應該知道在複雜的政壇上，什麼事情都有可能發生的。」

傅華苦笑說：「也許吧。誒，市長，您是怎麼知道這些的呢？」

曲煒說：「我當然是做過一番調查才知道的。跟你說實話吧，是呂書記安排我做這些調查的。呂書記聽到了一些關於雲泰公路項目的傳言，就讓我著手調查這件事的來龍去脈，好早做準備，免得被搞得措手不及。當我知道這件事牽涉到你和鄧子峰的時候，我也很吃驚。」

曲煒停頓了一下，接著說道：「我是瞭解你的，你一向不願意參與政治博弈，對這種事儘量置身事外。而鄧子峰呢，他到東海之後，一方面由於你的關係，另一方面，他本身行事風格也很正派，讓我對他的印象也很不錯。所以你可以想見當我知道這背後還有這麼大的陰謀時，心裏是多麼的震撼了。」

傅華忍不住爲他辯解說：「也許鄧子峰並不是故意布下這個局的。」

曲煒笑說：「你到現在對他還心存幻想啊？好，這一點我也不跟你爭，是不是他布的局都無所謂，我現在關心的是，他會不會利用這件事情做些什麼。傅華，你是這件事的親歷者，有些問題你是最清楚的，而這些問題我必需要搞清楚，所以我希望你能老老實實地回答我，行嗎？」

傅華不禁說道：「市長，呂書記選您做這個省委秘書長，還真是選對人了。」

曲煒苦笑了一下，說：「傅華，我這是爲了呂書記不假，但也是爲了我自己。我現在算是呂紀頭號的嫡系人馬，呂書記如果有什麼閃失，接下來第一個要清洗的人就是我了。所以我現在幫呂書記，實際上也是在幫自己。」

曲煒說的確實是事實，呂紀出事，他也很難倖免。嚴格意義上講，傅華也算是曲煒一手帶出來的嫡系，曲煒對他來說亦師亦父，他自然也要以維護曲煒爲第一要務，便說：「市長，您想問什麼就問吧，我一定會實話實說的。」

曲煒欣慰地說：「那我問你，你知不知道，劉善偉有沒有向莫克行賄？」

傅華不禁笑說：「這還用我說嗎？他不行賄莫克，又怎麼能拿到項目啊！」

曲煒認真地看著傅華說：「我不想聽這種揣測之詞，揣測之詞是無法作爲證據的，我想確切的知道，他們究竟是不是存在這種行賄受賄的關係？」

傅華說：「我沒辦法跟您講他們究竟存不存在行賄受賄的關係，我只能確定的告訴您，劉善偉肯定是找過方晶的，其後不久，莫克便找了個藉口來北京，在北京逗留了一晚，他晚上的行動還特意避開我，我猜測他可能是來見劉善偉的。」

曲煒聽了說：「那你知不知道莫克是不是真的拿了賄款了？據我所知，招標完成後，方晶就遠走澳洲了。如果莫克真的透過方晶接受了劉善偉的行賄，那他和方晶就存在著賄款分配的問題。我需要搞清楚，莫克是不是真的拿到了錢。」

傅華說：「我認爲莫克並沒有真的拿到錢，錢可能都被方晶捲走了。」

曲煒奇怪地說：「你怎麼敢這麼肯定？」

傅華笑笑說：「因爲我知道方晶參與這件事，是爲了報復莫克的。」

傅華就把莫克跟方晶之間的糾葛跟曲煒講，曲煒聽了，不禁說道：「莫克真是被這個女人迷昏頭了。不過，如果他真的沒拿到錢的話，這事情倒好辦了。」

傅華說：「市長，您的意思是說，把莫克撇清出去？」

曲煒點點頭說：「可以把事情都推到方晶身上，就說方晶是打著莫克的旗號詐騙來著。如果莫克能撇清的話，將來事情就算是真的發作了，呂書記也不會受到牽連。」

傅華不平地說：「那您的意思是想放過莫克這一馬，不需要懲治他的受賄行爲了？」

曲煒看著傅華笑了，說：「傅華，我知道你是怎麼想的，你覺得莫克這種行爲不能允許，必須要給予懲罰，如果呂書記放過他，是很不應該的。沒錯，莫克這種行爲是應該受懲罰，也一定會受懲罰的。但是這裏面還有一個時機的問題，現在時機還不成熟，呂書記目前只能儘量維護他，不讓他出事。」

傅華心說：呂紀的想法跟鄧子峰其實並無二致，兩個人想的，都是怎麼對保住位子有利，實際上是一丘之貉。不過他現在所做的事，也是爲了維護曲煒，這麼說起來，大家都算是一丘之貉了。

傅華便說：「市長，恐怕您這個如意算盤打不響了。」

曲煒愣了一下：「怎麼說？」

傅華說：「您這裏面並沒有考慮到莫克接下來會怎麼做，如果這個因素考慮進去，大概他就很難撇清了。」

曲煒看了看傅華，說：「你覺得莫克接下來會怎麼做呢？」

傅華分析說：「如果我猜得沒錯的話，莫克即使沒拿到錢，也會爲了避免事情敗露而繼續跟劉善偉之間的交易。現在這個狀態，他只能打落牙齒往肚裏吞了。」

曲煒不以爲意地說：「這無所謂啊，莫克是雲泰公路項目的領導小組組長，他對某個承建單位加以照顧，這很正常啊，只要沒有利益輸送，誰也不能拿莫克怎麼樣的。」

傅華笑說：「市長啊，您把莫克的操守看的太好了吧？您覺得當初莫克在這件事中扮演了什麼角色啊？他才是真正想要索取賄賂的那個人。他沒拿到錢，不是他不想要，而是沒來得及拿就被捲走了。所以您以爲莫克守著這麼大一個項目，會甘心兩手空空嗎？」

曲煒質疑說：「你的意思是，莫克一定不甘心損失這麼大一筆錢，而會想新的辦法從項目上撈錢？」

傅華看了看曲煒，說：「您說呢？」

曲煒遲疑了，說：「這個嘛……」

傅華說：「我不知道您對莫克這個人是怎麼看的，但我從他來海川後做過的幾件事情來看，他一定是個貪婪的人，他絕不會就此罷手的，一定還會想辦法再從這個項目上撈錢。市長，以我個人來看，這個人留不得，留了只會後患無窮。」

曲煒不禁問傅華說：「那你認爲該怎麼做？」

傅華想了想說：「我覺得您可以建議呂書記以此作爲突破口，成立相關的調查小組，對莫克的行爲進行調查。如果調查出問題，就依法懲處莫克；如果調查不出什麼問題來，省委也可以借此機會，找個理由將莫克調離海川，避免以後再出什麼麻煩。」

傅華認爲他的提議，可以讓呂紀趕在鄧子峰之前就挑破莫克這個膿瘡，借機甩掉莫克這個包袱。但是曲煒顯然不這麼想，他苦笑了一下，說：

「傅華，你這個建議是很不錯，只是恐怕呂書記無法接受。」

傅華愣了一下，說：「為什麼？毒蛇噬手，壯士斷腕，難道呂書記連這樣的決心都下不了？」

曲煒說：「傅華，你不要把領導們都想得那麼英明。他們有時候考慮問題，並不是怎樣才是問題的最佳解決方案，而是要怎麼維護住他們的位子和面子。其實莫克到海川後頻頻的出狀況，明眼人一看就知道他不適合擔任海川市市委書記這個職務。但是莫克會出任海川市市委書記，完全是因為呂書記的推薦，呂書記就一再替他掩飾，不肯換掉他。你如果往這方面想，就知道呂書記肯定不會在這個時候啓動對莫克的調查的。特別是最近呂書記還在不少的公開場合表揚過莫克在雲泰公路這個項目上做得很好呢。如果讓他在這個時候去調查莫克，那不等於是在掃他的面子嘛。」

傅華也知道呂紀在莫克這個問題上很優柔寡斷，曲煒不想去建議呂紀調查莫克，也在情理之中，便說：「那市長您覺得這件事要怎麼辦才好呢？」

曲煒苦笑說：「現在也沒什麼好辦法，只有冷處理了。我會建議呂書記開始跟莫克保持距離，適當的時候監督一下公路的工程，一方面可以敲打一下莫克，另一方面也可以向大眾表明他的態度。」

曲煒的建議顯然與傅華是完全相反的，他是將呂紀撇清了，既可以保全呂紀的體面。

也無需呂紀自揭瘡疤。

傅華佩服地說：「市長，我現在才發現呂書記把您要去做省委秘書長，真是知人善任啊。」

曲煒瞅了傅華一眼，說：「你就別諷刺我了，我這也是沒有辦法的辦法。哎，不說這些了，還是說說你的事吧。其實我覺得省駐京辦那個位置挺適合你的，你既可以從原來的困境中解脫出來，到了省裏，我也可以適當的維護你。不像現在隔著好幾層，總有些鞭長莫及的感覺，所以，你還是好好考慮一下我的建議吧。」

傅華搖搖頭說：「市長，您不用說了，我不會再考慮這個問題的，我就留在海川市駐京辦。」

曲煒搖頭嘆說：「你的固執勁又上來了，有時候我真是拿你沒辦法。行行，你不去就不去吧。不過，你接下來想要怎麼辦啊？就讓事情這麼拖下去？」

傅華笑笑說：「我沒那麼傻，守著您這位菩薩不拜，卻去任由莫克這個小鬼拿捏。市長，現在要解決我的問題，就需要勞煩您出面幫我一個忙了。」

曲煒愣了一下，傅華這麼說很讓他意外，很不像傅華以往的作風。傅華一向不願意動用人脈關係幫他處理事情，如果他願意那樣做，豔照事件都出來這麼久了，爲什麼不早求他出面幫忙解決呢？

曲煒打量著傅華說：「傅華，我怎麼覺得這很不像你的作風啊。」

傅華開玩笑說：「什麼呀市長，我今天也算是幫了您的忙，您回饋我一下是不是也應該啊。」

曲煒越發的意外了，看著傅華說：「傅華，我聽說這次你的大腦功能有部分受損，是不是也影響到了其他方面啊？我怎麼覺得你剛才說話有點怪怪的。」

傅華說：「沒有啊，醫生只是說語言功能受損，著急的時候可能無法清楚地表達自己的意思，其他方面並沒有什麼問題。」

曲煒聽了說：「那你想讓我做什麼？我可事先聲明啊，如果你是想讓我跟莫克打招呼，讓他結束對你的調查，我在莫克面前可沒這麼大的影響力的。」

傅華笑了笑說：「您在莫克那裏沒這種影響力，但是您在呂書記那裏可是有這種影響力的不是嗎？」

「你是讓我幫你找呂書記出面？」曲煒驚訝地說：「這可真是不像你的爲人了，傅華，我沒聽錯吧？」

自從曲煒成爲呂紀信賴的省政府秘書長後，傅華從來都沒有要曲煒在呂紀或者其他省領導面前爲他爭取過什麼。今天傅華竟然讓他出面去求呂紀，而且還是爲了不光彩的豔照事件去求呂紀，這可真是有點一反常態，難怪曲煒會感到十分驚訝。

傅華解釋說：「市長，您沒聽錯。其實我這也是迫不得已的。一方面，我暫時還不想離開海川市駐京辦，特別是在這種狀態下離開，但是我也不想讓事情無休止的這麼拖下去，現在豔照事件鬧得滿城風雨，很多人都知道了這件事，我更不好去請求東海省在京的老領導出面幫忙。你也知道，他們都跟我妻子的家族或多或少有些關聯，我找他們，他們不但可能不幫我的忙，說不定還會狠狠教訓我一通。所以我會求您，也是實在沒招了。」

曲煒聽了，點點頭說：「你說的這些我倒是能理解，我也很願意幫你這個忙，只是你要我跟呂書記怎麼說這件事啊？我總不能要他命令莫克結束對你的調查吧？」

傅華笑笑說：「那當然不能。通常來說，您也不適合跟呂書記講我的事。但這次不同，您這次跑北京來，恰好有機會跟呂書記講這件事。不但您可以幫我，我估計呂書記一定也很願意幫我跟莫克講結束這次調查的。」

曲煒一頭霧水地說：「傅華，你說了半天，我怎麼聽不明白啊？爲什麼我來北京就可以在呂書記面前幫你說情了？而且呂書記還會願意接受我的說情，幫你跟莫克講話？」

傅華解釋說：「您這次來北京，是不是會去看望郭奎和程書記他們啊？」

曲煒點了點頭，說：「那是當然，這些老領導，我來北京是一定要去看望一下的。」

傅華說：「您只要去看望他們，幫我說情的話就好說了，你可以把事情推到他們身上，就說他們在您面前談到我，覺得事情怎麼拖了這麼久還沒完，之類的。」

曲煒質疑地說：「傅華，你是想我撒謊啊？」

傅華陪笑著說：「所以我才說求您幫忙啊！其實也不算是撒謊，現在呂書記心中一定很不滿莫克，正沒由頭敲打他呢，您跟他這麼說，我想他一定會借此發作莫克的。不過，如果您覺得爲難，那就算了，就當我沒說好了。」

曲煒語重心長地說：「傅華，我可以幫你這個忙，回頭我會跟呂書記這麼說的，不過，我不太喜歡你這麼做，這很不像你的行事風格啊。我還是喜歡受傷之前的那個傅華。」

傅華苦笑了一下，心說：我也不想放棄我原來的行事風格啊，但是我如果還堅持原來的行事方式，便始終會受制於莫克這種看我不順眼的領導的。再說，鄧子峰都可以不擇手段的玩弄權術，我這個小小的駐京辦主任還有什麼必要去堅守原則啊？

第四章

投其所好

莫克看陸曉燕一副巧笑倩兮的樣子，還有一種媚到骨子裏的風情，心神更是一蕩。
他忽然發現為什麼陸曉燕看上去很面熟了，某些方面陸曉燕有點像方晶，
莫克便知道這一定是張作鵬為了投其所好，刻意挑選出來的。

早上，東海省委，呂紀辦公室。

呂紀剛到辦公室坐下，拿起秘書泡好的茶喝了一口，曲煒就敲門走了進來。

呂紀看了曲煒一眼，說：「什麼時候從北京回來的？」

曲煒說：「昨天下午，當時您正好有活動在外面，我就沒到省委來了。」

呂紀把秘書叫進來，吩咐說：「我跟曲秘書長有重要的事要談，不要進來打攪。」

秘書應了一聲出去了，呂紀這才說：「我讓你查的那件事，查得怎麼樣了？」

曲煒皺了一下眉，說：「問題有點複雜，我查到這次得標的中鐵五局的總經理劉善偉，他的父親跟鄧省長都曾經是蘇老的部下，關係十分密切。」

呂紀的臉色變得難看了起來，這種情況對他來說顯然並不利，便說：「那莫克有沒有收受劉善偉的賄賂呢？」

曲煒說：「並沒有確切的證據證明莫克受賄，但是可以確定的是，劉善偉接觸過莫克的朋友方晶，據我瞭解，他在北京待了一晚，當晚的行程十分保密，還避開了駐京辦的工作人員，我懷疑他是去見劉善偉的。」

呂紀的臉色越發的難看了，說：「不用說，他跟劉善偉一定是有某種見不得人的交易了。這個莫克，我真是看錯他了。」

曲煒趕忙說：「這也怪不得您，當初他在省委的時候，做事一板一眼，見人不笑不說話，任誰也不會想到他會變成今天這個樣子。」

呂紀問曲煒說：「老曲啊，你覺得這件事是不是鄧子峰設計好的啊？」

曲煒說：「很難說，不過，就算不是鄧子峰設的局，我估計鄧子峰對這件事也有一定的瞭解。現在就看鄧子峰如何處理這件事了，我們現在所處的地位很被動啊。」

呂紀點點頭說：「是啊，這件事的主動權現在完全操在鄧子峰手裏，他想什麼時候發難，就什麼時候發難。這對我們來說可不是件好事啊。這個鄧子峰，不聲不響就挖了這麼大個坑讓我往裏跳，還真是詭計多端。幸好我及時察覺到這裏面有問題，讓你去查了一下，不然我們連怎麼死的還不知道呢。」

曲煒安慰說：「其實，我覺得也沒那麼嚴重，這件事主要的責任在莫克身上，您頂多是用人不察而已。」

呂紀苦笑說：「老曲，問題不是這麼簡單。我和鄧子峰都是新接任職務不久，中央在看著我們呢。如果這時候鬧出莫克利用雲泰公路項目受賄的醜聞，中央一定會認爲我這個省委書記掌控東海省的能力不行，不夠稱職。東海省不像其他省分，這裏是財賦重地，中央絕不會允許這裏出現什麼不穩定的狀況，說不定就會把我從東海省調走的。老曲啊，我現在在這個位置上可是戰戰兢兢的啊。」

曲煒看了看呂紀，說：「那您準備如何處理莫克這件事呢？」

呂紀反問道：「你看呢？你覺得我該如何來處理這件事呢？」

曲煒說：「我看無非是兩種處理方式，一是當機立斷，立馬組織人調查莫克在雲泰公路項目中有沒有受賄的行爲。如果屬實，就處分莫克；如果查不出來，起碼我們查了，莫克再出事也沒我們什麼責任了。」

呂紀說：「那第二種處理方式呢？」

曲煒說：「第二種處理方式就是一個拖字，我們就當不知道有這件事，也不管鄧省長會怎麼做，完全不理會這件事。同時，您要跟莫克保持一定的距離，不要再去公開支持莫克和雲泰公路項目。在適當的時機，您還應該強調一下反貪腐的問題。這樣，您就可以跟莫克分隔開了。」

呂紀爲難地說：「老曲，這兩種處理方式你傾向哪一種啊？」

曲煒說：「這兩種處理方式各有利弊，我也說不上哪一種比較好。」

呂紀想了想說：「第一種顯然不行，我如果出面讓人調查莫克，且不說找不到調查莫克的切入點，就算是找到了切入點，別人也會覺得我剛剛大肆表揚了莫克，轉過頭來就找人調查莫克，是自相矛盾。這絕對不行，我不能給中央和下面留下這種印象。」

曲煒早就猜到呂紀絕對不會選擇第一種處理方式了，就說：「那就只有第二種處理方式可行了。」

呂紀點點頭，說：「是啊，現在我和鄧子峰之間並沒有形成直接衝突的尖銳局面，鄧子峰還沒有對付我的迫切需要。莫克受賄，對他來說應該是一個殺手鐗，他不會輕易就使出來的。對我們來說，就有了緩衝的時間。我們可以利用這段時間，像你說的那樣，跟莫克分割出一定的距離。」

曲煒點了點頭，說：「這倒是。」

呂紀笑笑說：「再說，我們跟鄧子峰也不是一定要形成尖銳的衝突，這段時間，我們也許能夠找到跟鄧子峰之間妥協的點，我其實更願意跟他合作，而非爭鬥。誒，老曲啊，孟副省長那邊最近有什麼動靜嗎？」

曲煒說：「孟副省長被您收拾了一下，最近老實多了，這次鵬達路橋集團爭取雲泰公路項目，他都沒有出面幫張作鵬說話。」

呂紀搖搖頭說：「老曲啊，這次我出手整治孟副省長有點失策，孟副省長是老實了，但是也給了鄧子峰機會。如果孟副省長不這麼老實，鄧子峰絕對不會把腦筋動到我身上的。」

呂紀很清楚，他、鄧子峰和孟副省長三方其實是一種合縱連橫的關係，本來應該相互牽制、相互制衡的。但這一次他出手對付了孟副省長，不但壓制了孟副省長這一方的勢力，也助長了鄧子峰的氣焰。等於是破壞了三人間的平衡，從而讓鄧子峰有餘力可以把腦筋動到他的身上。

曲煒聽了說：「其實也無所謂，您打了他一巴掌不假，但也可以轉手再給他一個甜棗吃啊。打是讓他知道，在東海您才是一把手，他做什麼事情都要好好考量考量；給他甜棗則是告訴他，您還沒有說放棄他，還可以再把他扶起來的。」

呂紀笑說：「老曲啊，你這個說法就對了。」

曲煒說：「那我們就再把孟副省長拉起來，讓鄧子峰去對付他好了。」

呂紀點點頭說：「那我們就這麼做。老曲啊，你去看你那個老部下傅華，他怎麼樣了？」

曲煒對外的公開行程是去北京看望傅華，因此呂紀才會有此一問。

曲煒說：「他的情形不太好，身體還很虛弱，據說腦子也出了點問題，醫生說他的大腦語言功能有些受損，著急的時候就會失語。」

呂紀詫異地說：「這麼嚴重啊？」

曲煒說：「是啊，不過他精神上看上去還不錯，假以時日，估計就會恢復的。說起他，呂書記啊，有個情況我需要跟您彙報一下。」

呂紀說：「什麼情況啊？不會是傅華想讓你出面幫他解決目前的困境吧？」

曲煒笑說：「他那個人一向是不愛求人為自己辦事的，所以當我的面他倒是沒提過這些。」

呂紀笑了笑說：「這倒是，你到省裏工作也有些時日了，我還真沒聽說你出面幫他辦過什麼事。那既然不是他提了什麼要求，又是怎麼回事啊？」

曲煒透露說：「他是沒說，不過，別人似乎因爲他目前的處境，對我們東海省有些不滿。」

呂紀質問道：「誰啊？」

曲煒說：「老書記程遠。我這次去北京，順便看望了一下省裏在京的老同志，就去拜訪了程遠書記，他對省裏對傅華的處置頗有微詞。說我們又不處分，又不恢復他職務，算是怎麼一回事啊？」

呂紀看了曲煒一眼，懷疑地說：「程遠書記真是這麼說的？」

這是曲煒編出來的話，心裏多少有點慌亂，不過還是鎮定地說道：「是啊，他就是在我面前這麼抱怨的，不過，這只是他私下發的牢騷罷了，他並沒有讓我把這話轉給您。只是我想，就您現在在東海的處境來看，有些老同志的意見還是多尊重一點比較好。對傅華的處理，我個人認爲，如果不是有人在故意爲難傅華，這件事早就應該處理完了。」

呂紀嘆說：「我明白這是怎麼一回事，一定是我們的莫克同志從中作梗的。上次因爲傅華沒讓他見到鄭老，他就故意找傅華麻煩。爲此程遠書記還特別找過我，對莫克的行爲很不滿意。我當時還逼莫克跟傅華道了歉，只是爲了給莫克留面子，沒有公開的批評他。這次傅華出了這種事，他一定覺得終於逮到報復的機會了。」

曲煒故意恍然大悟說：「原來是這樣啊，我說呢，本來不是很嚴重的一件事，怎麼會拖這麼久還不解決呢。」

呂紀說：「老曲啊，你說得對，我現在正是需要在北京的一些老領導幫我說好話的時候，程遠書記的意見我會重視的，這件事交給我來處理吧。」

曲煒暗自鬆了口氣，呂紀答應出面，問題總算是解決了。

過幾天，在省委的一次工作會議上，呂紀談到了領導幹部的工作作風問題。他在講話中，痛陳時下一些基層幹部老愛打著上級領導的旗號，做些違法亂紀的事，結果給領導造成了十分惡劣的影響，他認爲對這種幹部一定要嚴肅處理。

呂紀講到這個的時候，列席的孟副省長一下子就來了精神，他覺得呂紀講這些是爲他講的，這是變相的在向東海政壇宣布，不能因爲下屬出了事，就說他孟副省長有問題。

孟副省長心知呂紀這是在給他打氣呢，他轉頭看了看呂紀，正好碰到呂紀掃視過來的目光，孟副省長趕忙衝著呂紀笑了笑，表示感激之情。

接下來，呂紀又談到了有些領導幹部對工作敷衍拖拉，不敢擔負起責任來，把問題放在那裏一拖再拖，好比前些日子網路上出現的某位官員的不雅照片的事。

呂紀雖然沒有明指是誰，但是大家都知道他講的就是傅華。等於是公開指責海川市委處理事情拖拉，甚至還說處理這件事的領導可能別有居心，明顯有爲傅華抱屈的意思了。

呂紀一點到豔照的事，莫克心裏就咯登一下，心說壞了，呂紀這是對他處理傅華的做法很不滿意啊。當呂紀講到不敢承擔責任還別有用心的時候，莫克的臉頓時脹紅了，呂紀分明是意有所指，在說他報復傅華呢。

呂紀下面再說了些什麼，莫克是一點都沒聽到，他腦中想的只是該怎麼辦，要怎麼跟呂紀解釋他爲什麼要這麼處理傅華？

於是會議結束後，莫克就跟在呂紀身後，去了呂紀的辦公室。

進了辦公室，呂紀瞟了莫克一眼，也沒讓莫克坐下來，沒好氣地說：「你跟來幹嘛？」

莫克乾笑了一下，說：「呂書記，我是想就調查傅華不雅照片的事，跟您解釋一下。」

呂紀冷冷地說：「好，你解釋吧。」

呂紀沒讓莫克坐下來，莫克也不敢坐，只好站著說道：

「是這樣子的，傅華同志那些不雅照片，給海川市造成了十分惡劣的影響。所以市委經過研究決定，讓海川市紀委對傅華展開調查。這是海川市委的決定，並不是我個人的決定。」

呂紀笑了一下，說：「你跟我強調這個幹嘛？我有說這是你個人的決定了嗎？還是你心裏有鬼，怕我認爲是你個人的決定？」

莫克被說中心事，臉緊張的抽搐了一下，說：「不是的，書記，我只是跟您陳述一個事實而已。」

呂紀說：「行了，我知道了，事實是你們已經調查傅華同志這麼久了，有結論了嗎？」

莫克搖搖頭，說：「這倒沒有，紀委的同志還沒調查完結。」

呂紀看了看莫克，說：「哦，你們查了這麼久，是發現了傅華同志什麼重大問題啊？是不是他的問題十分的複雜啊？」

莫克尷尬的說：「這個嘛，書記，這個問題我需要回去跟紀委的同志落實一下，才能回答您。」

呂紀諷刺地說：「哦，你需要回去落實一下才能回答我，一位幹部被你們調查了這麼久，你連他有什麼問題都不知道。你這個市委書記是怎麼當的啊？莫克，你如果做不了這個市委書記，趁早說，上面也可以讓做得了的人來做。」

莫克臉上的冷汗直流下來，惶恐的說：「對不起，書記，這是我的失職，我一定馬上改正。」

呂紀冷笑一聲，說：「莫克，你不用在我面前演戲了，你做過什麼，心裏在想什麼，你當我不知道嗎？別自作聰明了，小心搬石頭砸了自己的腳。」

莫克聽了，心裏越發的慌亂，他不知道呂紀這麼說，究竟是在指什麼。呂紀現在的態度比上次問起方晶的時候更爲嚴厲，也更爲冷淡，這讓莫克不敢再像以往那樣，認爲呂紀爲了維護顏面就會想方設法保護他了。

呂紀今天等於是在公開的批評他，這是在向東海政壇釋出一個信號，就是呂紀已經開始對他有所不滿了，這對莫克來說，不啻於一個嚴重的打擊。

莫克不明白呂紀的態度爲什麼會有這麼大的變化，難道又有誰出面幫傅華說話了嗎？這個傅華真是個麻煩，想整他都整不了。

莫克知道這次他又踢到鐵板了，趕忙說：「書記，我錯了，我回去馬上就督促紀委儘快拿出對傅華同志的結論。」

呂紀瞅了一眼莫克，說：「什麼儘快啊，你還沒聽明白我在會議上講的話嗎？」

莫克忙說：「聽明白了，我回去馬上就結束對傅華同志的調查，恢復傅華同志的職務。」

呂紀直盯著莫克看了好半天，看得莫克都有點站不住了，這才說道：「莫克，我最後一次提醒你啊，有些事情不能做，有些人你不能惹，你好自爲之吧。」

莫克是倒著從呂紀的辦公室走出來的，在門內，他哈著腰，一臉恭謹，然而一出辦公室門，他的腰板馬上就挺直起來，一副若無其事的樣子。

出了省委辦公大樓後，莫克上了自己的車，司機問他是不是回海川。莫克沒言語，此刻他很不想回海川。回去後，他就要趕緊解決傅華的事。

對他來說，要怎麼處理傅華是個難題。調查是他啓動的，如果不對傅華做些處分，那就意味他啓動這個調查是錯誤的，莫克覺得這會讓他這個市委書記很沒面子。

但是他也不敢處分傅華，如果隨便找個理由處分傅華，他又擔心呂紀對他不滿，萬一冒犯了呂紀，後果可不是他能承擔的。

莫克在心中暗罵呂紀是反覆無常的王八蛋，前一刻還對他大加褒揚，轉瞬間卻又對他大加撻伐，今天更是當著那麼多同志的面公開的批評他。

尤其是臨走時呂紀說的話，讓莫克很是心驚，呂紀說有些事情不能做，有些人不能惹。不能惹的人，莫克明白，但不能做的事是指什麼呢？難道是指他在雲泰公路項目上收受賄賂嗎？

不應該啊，上次呂紀問起方晶，應該就已經知道他利用方晶做白手套收受賄賂了，當時呂紀還是想要盡力維護他的態度，怎麼轉眼呂紀卻又警告他有些事不能做了呢？難道中間又發生了什麼轉折嗎？

莫克對此百思不得其解，悶頭想了一會兒，看司機還沒有發動車子，說道：「怎麼還不走啊？」

司機委屈地說：「莫書記，您還沒說去哪裡呢？」

莫克這才想起他沒有告訴司機要去哪裡，就說：「先離開省委再說。」

司機只好發動車子，先開出省委大院。

上了公路，莫克正想說回海川時，手機響了起來，一看是張作鵬的電話，眉頭皺了起來。

他剛剛才被呂紀罵了一通，實在不想在這個時候跟張作鵬有牽扯，可是前幾天他才收了張作鵬一張金卡，這個電話不接也不行。

莫克就按下接聽鍵，說：「張董啊，是不是你在我身邊安了監視器啊，怎麼我一來齊州，你的電話就打過來了？」

張作鵬笑說：「莫書記，看您這話說的，我哪敢監視您啊，我只不過知道今天省委有會要開，您一定會來參加的。現在聽說會議散了，就打電話給您，想說跟您見個面，吃個飯什麼的。只是不知道您是不是肯賞個面子給我啊？」

莫克的確是想找個地方排解一下目前的煩躁情緒，張作鵬這時候邀請他，正合了他的心意，而且他已經跟張作鵬有了私下的交易，也不需要防備張作鵬什麼，就說道：「張董這麼說，我不去好像還真是不好意思了，你說去哪裡吧。」

張作鵬說：「您先找個賓館住下，回頭我接您去一個清靜的好地方休息一下。」

莫克聽了就說：「行，我今晚就住齊州好了，等我住下之後再給你電話。」

莫克就交代司機說他今晚需要留在齊州，讓司機找個賓館住下來。等司機找好賓館，莫克就打電話告訴張作鵬。半個小時後，張作鵬便來接走莫克了。

張作鵬把車開出市區，說：「莫書記，我們今晚進山吧，山裏面清淨，也沒有人會注意。」

莫克淡然地說：「隨便你了，反正我今晚的一切都交給你安排啦。」

張作鵬笑了笑說：「那您等著吧，我保證一定讓你滿意。」

張作鵬就把車開進了齊州附近一座小山中。進山不久，來到了一個別墅群，車子直接開進一棟別墅的院子裏。

「請吧，莫書記。」

莫克看了看氣派的別墅，好奇地說：「這是你的？」

張作鵬笑笑說：「暫時算是吧。」

兩人下了車，剛到別墅門口，門就開了，兩名美女笑眯眯的站在門口等著迎接他們呢。這兩位美女都是二十多歲的年紀，容貌姣好，身材苗條，穿著入時，氣質出眾，給莫克的感覺好像是兩名時裝模特兒。

莫克看了眼張作鵬，問道：「這兩位是？」

張作鵬拉過其中一位美女說：「來，莫書記，我給您介紹，這位是齊州電視臺的記者陸曉燕，她聽說您今晚要來，非要過來認識您一下。」

陸曉燕大方的伸出手來，說：「您好，莫書記，很高興認識您。」

莫克掃了一眼陸曉燕，這個女人胸部高聳，腰肢纖細。細眉大眼，兩頰一笑兩個小酒窩，透著一種可愛。不知道怎麼回事，莫克總覺得她身上有一種熟悉的味道，但是又想不出在什麼地方見過這個女人。

莫克跟陸曉燕握了握手，說：「陸記者，我怎麼感覺你這麼面熟啊？我們什麼時候見過嗎？」

陸曉燕搖搖頭說：「莫書記，您可能記錯了，我還是第一次見您呢。」

張作鵬在一旁打趣說：「陸記者，你怎麼不明白呢？人家莫書記這是在跟你套交情呢，說明他對你很有好感啊。」

莫克笑說：「張董啊，別瞎開玩笑，我是真的覺得陸記者很面熟。誒，這位小姐是？」

看莫克指向另一位女人，張作鵬趕忙介紹說：「莫書記，這位就沒您什麼事了，她是我的女朋友，李君君，跟陸記者是同事，也是齊州電視臺的。」

李君君這時上來偎依在張作鵬的懷裏，嬌笑著說：「作鵬，你可夠壞的了，人家莫書記哪有那種意思啊。」

莫克看兩人互動親密，明白李君君一定是張作鵬養的情人，而陸曉燕很可能就是張作鵬今晚爲他安排的女伴了。

莫克便跟李君君握了握手，四人進了別墅。

別墅早就配備了廚師和服務生。四人去餐桌坐了下來，李君君守著張作鵬坐著，陸曉燕自然的就坐到了莫克身邊。

菜肴十分豐盛，鮑魚魚翅龍蝦，豪華程度一點不差於外面五星級的酒店。張作鵬又開了瓶軒尼詩，給莫克倒上了酒。

莫克沒有推辭，他今晚很想放鬆一下，帶點酒意就更能放得開了。

莫克笑說：「張董，還是你們這些企業家享福啊，豪車、別墅、美女，我不知道什麼時候才能擁有這一切啊。」

張作鵬笑了起來，說：「莫書記啊，您這話可有點不對了，我今天安排這一切，就是爲了讓您高興的；您如果想要擁有這一切，只要一句話，這些可都是您的了。」

莫克因爲對李君君和陸曉燕還不熟，心中有些顧忌，就說：「張董可別這麼說，我可沒這麼大的能力，這些都是你的，我怎麼可能一句話就拿過來呢。來，張董，這杯我先敬你，感謝你的盛情款待。」

張作鵬看出莫克是想藉著敬酒把話題錯開，他也樂得莫克主動喝酒，喝多了才好進行下面的節目，就跟莫克碰了一下杯，說：「莫書記真是客氣了，您說敬，我可受不起，這樣吧，大家同飲吧。」

兩人就一起乾了杯中酒。

吃了一會菜之後，張作鵬對陸曉燕說：「陸記者，你不是早就仰慕莫書記的才華了嗎？爲什麼坐到一起，卻不跟莫書記喝一杯呢？」

陸曉燕銀鈴般笑了起來，說：「張董，這你可不能怪我啊，從坐下來到現在，都是你跟莫書記在說話喝酒，哪有給我一點空間啊？」

張作鵬笑說：「你這是在埋怨我霸著莫書記不放了？行，我不霸著他了，人交給你啦。」

陸曉燕就替莫克的杯子倒滿了酒，說：「莫書記，其實我仰慕您很久了，您以前可是我們東海省委的大才子，我可是拜讀過您的文章的，真可謂字字珠璣啊。」

接著，陸曉燕居然真的說出莫克在省委時寫的幾篇文章的名字，還點出了文章的精彩字句。

這些文章是莫克這輩子十分引以爲自豪的作品，只是很少有人注意到或者提起，莫克對此不免常常有明珠暗投的遺憾，覺得世人不能認識到他的才華。沒想到陸曉燕居然看過，還能說出上面的字句，這讓莫克頓時對陸曉燕多了幾分親切感。

莫克有些激動地說：「陸記者，這杯酒我一定要喝，能被你這樣的美女欣賞，真是值得我喝上一杯。」

張作鵬便對李君君說：「君君，我們倆陪一杯吧，沾沾人家才子佳人的氣息。」

李君君趕忙應和說：「好啊。」四人便舉杯共飲。

李君君又對陸曉燕說：「曉燕，快給你的才子書記把酒倒上，我要敬你們倆一杯。」

「行啊。」說著，陸曉燕就俯身過來給莫克倒酒。

陸曉燕的上衣領口開得有點大，一俯身過來，裏面的春光頓時一覽無餘。莫克無意間看到這個女人裏面居然沒穿內衣，一對飽滿白皙的胸部在上衣裏晃晃悠悠，就有些難以自持，趕忙垂下眼簾，不敢再去看陸曉燕胸前那一塊了。

陸曉燕卻渾然不覺的幫莫克倒滿了酒，李君君端起酒杯說：「來，才子佳人，我敬你們一個合雙杯。」

陸曉燕瞪了李君君一眼，嬌嗔說：「君君，你瞎說什麼啊，我可是真心仰慕莫書記的才華的。」

莫克看陸曉燕一副巧笑倩兮的樣子，還真有一種媚到骨子裏的風情，心神更是一蕩。他忽然發現爲什麼他會覺得陸曉燕看上去面熟了，某些方面陸曉燕有點像方晶，模樣上也許不盡相似，但是股子裏的媚勁卻很像；相較之下，方晶在娛樂場所打滾，身上難免有幾分風塵味，眼前這個陸曉燕卻顯得更可愛一些。

莫克便知道這個陸曉燕一定是張作鵬爲了投其所好，刻意挑選出來的。對此莫克倒不反感，相反，他很享受張作鵬的這種討好。

張作鵬這時湊趣說：「君君啊，你說的不對，不是合雙杯，而是合歡杯才對。」

陸曉燕假作嗔道：「張董，你可是越說越不像話啦，什麼合歡杯啊，小心莫書記被說惱了。」

莫克此刻有了幾分酒意，早就心癢難耐了，更是樂於落入這個紅粉陷阱，就笑笑說：「曉燕啊，張董和君君是跟我們開玩笑的，我怎麼會惱呢？」

李君君鼓動說：「曉燕，聽到了沒，莫書記叫得多親熱啊，行了，這個合歡杯是一定要喝的，而且你們倆要手臂交叉，像喝交杯酒一樣的喝。」

陸曉燕輕搥了莫克一下，嗔笑說：「莫書記都是你，叫什麼曉燕啊？讓君君抓住機會了吧？」

莫克借著酒勁涎著臉說：「不叫曉燕，難道我叫你燕燕啊？」

李君君叫了起來：「哇，莫書記，你真是好懂女人心啊。燕燕這個叫法多親切啊，好了，都到這份上了，你們也別磨蹭了，趕緊把交杯酒喝了吧！」

陸曉燕瞪了李君君一眼，說：「君君，你別胡鬧好不好？」

李君君笑著說：「什麼胡鬧啊，快點，我知道你心裏早就願意了。」

李君君說著，就去拉莫克的手，另一面也把陸曉燕端杯子的手拉了過來，把兩人的手交叉湊在一起，擺成了一個交杯酒的姿勢，說：「好了，我幫你們擺好姿勢了，你們可以喝啦。」

陸曉燕這才扭扭捏捏地跟莫克手臂交纏著，把杯中酒給喝了。

喝完交杯酒，陸曉燕也不再那麼矜持了，身子很自然的就靠在莫克身上，莫克也不客氣，一隻手圈在陸曉燕腰上。兩人真的是像情侶一般。

張作鵬看火候已經到了，就笑笑說：「時間不早了，我們就此收尾吧。」

莫克早就想結束酒宴，趕緊帶著陸曉燕回房間了，就說：「對啊，我明天還要早些趕回海川去，喝完這杯，我們就散了吧。」

四人便碰了一下杯，把酒乾了，張作鵬就站起來，擁著李君君說：「我和君君就先去休息了，莫書記、陸記者，那邊好幾個房間，你們要睡哪一間隨便選，我就不奉陪了。」就帶著李君君離開了。

莫克看了看身邊的陸曉燕，說：「燕燕，我們是不是也去休息啊？」

陸曉燕輕輕的扭了莫克一把，嬌羞地道：「你這個壞蛋，又叫人家燕燕。好啦，君君和張董都去休息了，我們也別在這坐著了。」

兩人就相擁著進了房間。

一進房間，莫克再也控制不住自己，一雙手馬上就探進陸曉燕的衣服裏上下揉捏起來，陸曉燕身子在莫克懷裏像蛇一樣的扭動著，嘴裏也發出呻吟。接下來自是一番旖旎的風光。

不同於方晶，由於莫克對方晶始終存著一種又敬又畏的感覺，跟方晶在一起的時候，便總是放不開手腳，在陸曉燕面前，他不再有任何顧忌，因而十分盡興。

終於莫克再沒有了氣力，身體癱軟了下來。

第二天一早，莫克依依不捨的和陸曉燕告別，坐上了張作鵬的車往齊州市區趕。

在路上，張作鵬曖昧的問莫克：「怎麼樣，這個陸曉燕你還滿意吧？」

做是一回事，談論又是一回事，莫克很不願意跟張作鵬談論陸曉燕，就應付的說：「還不錯。」

張作鵬看了莫克一眼，說：「什麼叫還不錯啊？莫書記，我可跟您說，陸曉燕可不是那種風塵女子，人家是仰慕您才會答應我來陪您的。如果您真的感覺不錯，娶回家做老婆都是可以的。」

張作鵬說著，把一把鑰匙遞給莫克。

莫克愣了下，說：「這是什麼意思啊？」

張作鵬說：「這是剛才那棟別墅的鑰匙，別墅就送您了。以後您如果來齊州，想要找個地方小住一下，就可以到這裏來。雖然那個陸曉燕可能並不是讓您十分的滿意，但是偶爾小聚一下，應該還是不錯的。這個地方很安全，有專人管理，您可以放心。」

莫克猶豫了一下，沒有馬上去接鑰匙。

張作鵬說：「莫書記啊，我們都到這份上了，如果您再推辭的話，就有些見外了吧？」

莫克想了想，陸曉燕給他的感覺確實很好，如果只是一次就散了，似乎也有點可惜。這棟別墅相對來說很安全，總好過他和束濤四處打游擊吃野食來得好。

莫克便不再推辭，伸手把鑰匙接了下來，笑笑說：「那我就不客氣了。」

張作鵬這才滿意地說：「這就對了嘛。」

莫克知道張作鵬之所以對他這麼好，又送金卡，又送美女別墅的，目的不是別的，就是想要讓他幫忙調整增加鵬達集團的施工量，就說：「張董啊，我上次不是跟你說，要你們提交一份施工修改的方案嗎？你準備好了嗎？」

張作鵬聽了，立即拍馬說：「莫書記，我真是越來越佩服您了，我心裏想什麼你都知道，難怪您能做到市委書記這麼高的位置。」

莫克瞟了張作鵬一眼，說：「行了，張董，別說這麼酸的話了，趕緊把準備好的修改方案拿出來吧。」

張作鵬就把準備好的文件遞給莫克，說：「都在這裏面了。」

莫克連看都沒看，就放在手提包裏。

張作鵬呆了一下，說：「莫書記，您不看一下嗎？」

莫克笑說：「你希望我看嗎？」

張作鵬納悶說：「不是，您起碼看一下，好有個態度啊？」

莫克說：「路橋工程我不懂，看了也是白看。反正我肯定會幫你的忙，但是你也別指望我照單全收。這個需要聽取專家意見的，專家如果說需要砍掉些，我也會砍掉的。你明白我的意思吧？」

張作鵬聽懂了，笑說：「我明白，專家那邊我也會做好必要的安排的。」

莫克點點頭說：「那我就更沒必要看了。」

張作鵬不禁說道：「這倒也是。莫書記，想不到您是一個這麼通透的人啊。」

莫克笑笑，沒說什麼。

車子很快到了莫克住的賓館，莫克下了車，找到司機，就讓司機趕回海川去了。

回到海川，莫克便把海川市紀委書記陳昌榮找了來，很嚴厲的把他批評了一番，說紀委在調查傅華豔照一事上拖拖拉拉，這麼久了，還沒拿出個結論來，是一種很不負責任的做法。

陳昌榮委屈的看著莫克，對傅華的調查之所以一再拖延，始終沒個結論，完全是按照莫克暗示的意思辦的。莫克此刻卻反過頭來怪他，他心中自然是很憋屈。

不過，陳昌榮知道呂紀在工作會議上重批了這件事，莫克肯定是感受到很大的壓力才會這樣，便說：「莫書記，我回去馬上就督促調查小組儘快拿出結論來，您還有什麼指示嗎？」

雖然呂紀的態度已經很明確了，但是陳昌榮卻不敢不問清楚莫克的意見就直接按照呂紀的態度處理這件事。縣官不如現管，官場上是很講究層級關係的，他還是得按照莫克的意思來處理。

莫克看了陳昌榮一眼，說：「老陳啊，這件事情我考慮過了，傅華同志雖然行爲很不檢點，但是畢竟還沒有觸犯到政策法規的紅線，我們對自己的同志要多愛護，所以還是以批評教育爲主，如果真的查不到什麼其他問題的話，就口頭批評他一下好了。」

口頭批評是很輕的處分，輕到幾乎可以忽略不計的程度，但還是表明傅華在這件事情上有不對的地方，代表莫克讓紀委啓動調查並沒有錯誤，所以莫克讓紀委提出口頭批評，也算是保全自己顏面的一種做法。

陳昌榮領命而去，莫克這才把張作鵬給他的修改工程方案拿了出來。他隨手翻了翻。張作鵬提出來的增加數目很高，莫克卻不感到驚訝，對此他早有心理準備了。張作鵬對他下了本錢，自然是要想辦法回收的。如果增加的數目太低，莫克才會感覺奇怪呢。

現在的問題是，他要如何把這個修改方案提交給項目領導小組討論。對此，莫克心中早有腹案，就是把這件事的決定權交由有關的專家進行評斷，專家如何定案，他就如何拍板；這樣他既不需要承擔太多責任，還能賺來一個好的名聲。

至於專家會不會做出有利於張作鵬的評斷，莫克並不擔心，張作鵬自然會去搞定這些專家的。

第五章

走出困境

內心中，他對謝紫閔在這時候要跟他合作很感激，這幫傅華向海川市證明他的能力，也說明他這個駐京辦主任在招商引資方面又有了新的成績。

此外，復職在即，讓傅華感覺總算是走出困境了，暫時不會有人再來招惹他。

北京，醫院的復健治療室。

傅華正拄著行走器在復健，他的體能恢復得很快，醫生說，幸好他還年輕，身體各方面機能都不錯，所以恢復起來速度很快。不過他的身體還是有些虛弱，稍稍運動一會兒，就滿頭大汗了。

這時，謝紫閔拿著一束鮮花走到傅華面前，打量著他。

傅華笑說：「你怎麼知道我住院了？」

謝紫閔說：「我今天碰到趙董了，他跟我說的。怎麼樣，恢復的如何了？」

傅華笑笑說：「還不錯。走，去我病房坐吧。」

兩人回到傅華的病房。謝紫閔將手裏的鮮花遞給傅華，說：「給你的。」

傅華笑笑說：「謝謝。」

謝紫閔看了看傅華，說：「傅先生，你下一步打算怎麼辦啊？就這樣子耗下去？」

傅華說：「你不會這時候還想邀請我去雄獅集團吧？」

謝紫閔笑了起來，說：「不可以嗎？傅先生，你現在在駐京辦這種處境，也該是時候轉換跑道了吧？如果你到我們雄獅集團，我們可以馬上安排你去巴黎，你就可以去看你的妻子兒子了。怎麼樣，這個條件夠有吸引力了吧？」

傅華嘆說：「我現在就是去了巴黎，也沒什麼用的。我妻子那個人很固執，她如果原諒我，早就會回來看我了。至於你說我在駐京辦是時候轉換跑道了，我看倒是未必。不知道你聽沒聽說過一句詩，行到山窮處，坐看雲起時。」

謝紫閔說：「傅先牛，你不會是想說你的事出現轉機了吧？」

傅華說：「如果我估計的沒錯的話，我的事馬上就會有結論，我應該可以恢復駐京辦主任的職務了。」

謝紫閔不禁說道：「傅先生，你還真是自信心爆棚啊，你這個人看事情一向這麼樂觀嗎？」

傅華笑說：「我不是自信心爆棚，而是我現在的狀況已經到了一個極點，應該是反轉的時候了。」

謝紫閔搖搖頭說：「我卻不這麼認爲，據我這段時間跟你們國家的一些官員接觸的印象來看，他們都是一些很剛愎自用的人，做什麼事情都有自己的觀點，很難讓他們改變看法，即使他們表面接受了你的建議，轉過頭來，他們依舊是按照自己的想法去做。這件事擺明是你們的領導想要整你，你想輕易過關，還想恢復職務，應該是不太可能的。」

傅華說：「想不到你來的時間不長，卻對中國的國情有了很深的瞭解啊。」

謝紫閔有些無奈地說：「這段時間我接觸了很多地方上的官員，對這些官員，我真是有點頭大，他們想要我們的投資，許諾了很優惠的條件，表面上看誠意十足，但等真正展開考察之後，你就會發現他這樣做不到，那樣做不到的，感覺就只是想騙我們去投資的。所以傅先生，我真的很希望你能來我們公司，你對他們很瞭解，一定明白他們什麼時候說的是真話，什麼時候說的是假話。」

雖然傅華贊同謝紫閔的觀點，卻並不想去雄獅集團，一來他目前沒有這種心情，同時他對自己駐京辦主任的職務也有了一些新的想法，就笑笑說：

「我馬上就會恢復職務了，所以目前我沒有要轉換跑道的意思，只能說很抱歉，愛莫能助了。」

謝紫閔聽了說：「你先別拒絕的這麼乾脆，要不這樣，我們打個賭怎麼樣？」

傅華笑說：「打賭？我勸你別跟我打什麼賭，你鐵定輸的。」

謝紫閔說：「你先別著急，我還沒說跟你打什麼賭呢。」

傅華失笑說：「那你說，要打什麼賭？」

謝紫閔說：「我想跟你賭的是，你一個月之內不可能復職，敢跟我賭嗎？」

傅華遲疑了一下，雖然他已經拜託曲煒，讓曲煒找呂紀設法幫忙他，但是究竟事情會不會如他預期的發展，他並沒有絕對的把握。

謝紫閔看傅華遲疑的樣子，笑了起來，說：

「怎麼？害怕了，不敢跟我賭了？誒，傅先生，你是個男人啊，連跟一個女人打賭的膽量都沒有嗎？」

傅華受不了謝紫閔的激諷，忍不住說：「行，我跟你賭了。說吧，賭什麼？」

謝紫閔開出條件說：「如果一個月內你沒有復職，那你就離開駐京辦，來雄獅幫我；假設一個月內你真的復職了，那我永遠不再跟你提去雄獅集團工作的事。」

傅華不禁抱怨說：「謝總裁，你這個賭打的是不是也太精明了啊？我輸了就跟你去雄獅集團工作，你輸了，卻只是不再跟我提起這個邀請。我本來就沒準備答應你的，你提不提，結果都是一樣的啊，這樣的賭我還是不打好了。」

謝紫閔狡黠的說：「竟然被你看出來了，好，那你提個萬一我輸了的懲罰吧。」

傅華說：「我沒什麼可以懲罰你的，要不，我們這個賭局還是算了吧。」

謝紫閔搖搖頭說：「那可不行，這樣吧，既然你輸了就要聽我指揮，那我輸了就聽你指揮好了。」

傅華打趣說：「聽我指揮？我指揮讓你幹什麼都可以嗎？」

謝紫閔點點頭說：「嗯，當然僅限於一件事。」

傅華開玩笑說：「謝總裁，你一個女人最好不要跟男人打這種賭，一旦我想歪了，你可就得……」

傅華話說了半截就停了下來，忽然想到自己這個玩笑開得有點過頭了，他不禁暗罵自己，鄭莉就是因爲他跟女人的關係不清不楚才會離開他的，他不但沒吸取教訓，反而又去挑逗別的女人，真是狗改不了吃屎啊。

傅華便正色說：「算了，你也別說我可以指揮你做什麼了，這樣吧，你輸了的話，就請我吃頓飯好了。」

謝紫閔歪著頭看著傅華，說：「傅先生，我敢確定你剛才想說的並不是現在的意思，怎麼了，爲什麼話說半截又吞了回去？」

傅華說：「沒什麼，你就當我失語症發作了吧。」

謝紫閔搖搖頭，說：「藉口！一定不是這個原因。是不是你突然想到你在巴黎的妻子了？」

傅華苦笑了一下，說：「一個女人不要這麼聰明，不然男人會害怕的。」

謝紫閔不屑的說：「傅先生，都什麼年代了，你還有男尊女卑的想法啊，也太老套了吧？女人怎麼了？我跟你說，女人有時候就是比男人強。」

傅華苦笑著說：「好了，謝總裁，我承認你們女人都比男人聰明，行了吧？」

謝紫閔瞥了傅華一眼，然後笑說：「看你這個樣子，你的妻子一定也是像我一樣聰明出色的人了？」

傅華點點頭說：「豈止我妻子，好像我身邊出現的，都是像你這樣聰明出色的女人，比我都優秀。」

謝紫閔笑笑說：「你這話說的可是很有情緒啊。」

傅華笑說：「我沒有別的意思。其實我不反對女人聰明，甚至某種程度上我還很欣賞她們這樣，不過，這僅止於欣賞而已，並沒有其他的成分在其中。但是看在我妻子眼中，她就覺得是我在招惹她們，這次恰好鬧出這些事，越發讓我妻子生氣，所以她才跑到巴黎去了。」

謝紫閔不禁說道：「傅先生，這下你可知道聰明的女人不好得罪了吧？」

傅華無奈地點了點頭，說：「知道了，簡直太知道了。」

謝紫閔又說：「傅先生，看得出來你很愛你的妻子，我覺得也許你真的該去巴黎一趟。見面三分情，隔著這麼遠的距離，你們之間會變得越來越淡漠的。」

傅華嘆了口氣說：「這我也知道。但是有些東西強求是求不來的，我現在這個狀況也去不了巴黎，只能說一切隨緣吧。」

謝紫閔聽了，心有不忍地說：「唉，你現在這樣的確是挺可憐的，我再占你的便宜也有點於心不忍，一頓飯這種賭注有點太輕了。這樣吧，如果我輸了，你做回了駐京辦主任，我們就找個項目合作一下吧，也算是爲你復職壯壯場面。當然，前提是有合作的價值。」

傅華笑了，說：「這倒是很值得考慮。不過，你跟我打這個賭很吃虧。」

謝紫閔愣了一下，不解地說：「怎麼說？」

傅華說：「跟你說實話吧，我已經在運作復職這件事了，而且找到了一位有力人士幫忙。順利的話，應該很快就會復職。反過來講，如果連這位有力人士都幫不了我的話，那我也無法再繼續待在駐京辦了，另找出路是勢在必行的，雄獅集團是知名的大公司，我能夠去也是我的榮幸，所以無論輸贏，我都不吃虧。」

謝紫閔忍不住說：「傅先生，我不得不說，你的算盤打得還真精啊。」

傅華笑笑說：「你如果覺得吃虧的話，賭約我們也可以撤銷啊。」

謝紫閔搖搖頭，說：「一言既出，駟馬難追，我既然說了要跟你賭，那就沒有撤銷的道理。再說，現在結果還沒出來，勝負還很難預料呢。」

傅華聳了聳肩，說：「那就隨便你啦，沒想到你的賭性這麼堅強啊。」

謝紫閔笑說：「人生就是這樣嘛，一生中什麼不是賭啊？就像我代表雄獅集團來中國發展，到這樣一個陌生的環境創業，本身就是一場賭博。賭贏了，我在家族中就會獲得更高的地位；但是一旦賭輸的話，就只能灰頭土臉逃回新加坡了。」

傅華不禁看了謝紫閔一眼。

「你不用看我，其實你的人生也在賭博。不說別的，就說你和你妻子的婚姻吧，又何嘗不是一種賭博呢？厮守終生可能只是一種美好的願望。人的一生是多麼漫長的一段歲月，中間會發生多少事啊？你要怎麼去保證一輩子都愛她？或者，你又怎麼去保證她這輩子就只愛你一個呢？」謝紫閔大發議論說。

「我真是不知道該怎麼回答你，尤其是我現在的處境。也許你說的對，婚姻就是一種賭博，我們都想賭自己能夠堅守住，卻往往天不從人願啊。」傅華也不禁感慨起來。

這時，傅華的電話響了，是孫守義打來的，傅華便對謝紫閔說：「我的上司來電話，我要接一下。」

謝紫閔點點頭說：「快接吧。」

「孫副市長，找我有事啊？」

孫守義說：「傅華，身體恢復得怎麼樣了？」

傅華回說：「挺好的，不過還沒出院，還在復健治療當中。」

孫守義笑笑說：「那一定要把身體養好啊，好準備上班。」

「上班？」傅華詫異地道：「您的意思是，我的事情有結論了？」

孫守義說：「現在結論還沒出來，不過，應該就快出來了。你可能還沒聽說吧，呂紀書記在省委工作會議上批評了莫克，莫克就立刻把紀委書記找去談話了。紀委的同志跟我講，準備給你口頭批評一下，然後就讓你復職。怎麼樣，高興嗎？」

傅華笑說：「復職當然高興了，不過我現在的身體狀況還沒法去上班。」

孫守義鼓勵說：「那就繼續養傷吧。只要調查結束，就是一件值得高興的事。」

傅華感激地說：「謝謝您，副市長，我的事讓您操了不少的心。」

孫守義很有義氣地說：「你這麼說就見外了，傅華，大家都是好同事，我自然不希望你受這種無辜的鳥氣。行了，好好養傷吧，我掛了。」

傅華掛了電話，轉過頭去，看了看謝紫閔，說：「不好意思啊，你應該也聽到了吧？」

謝紫閔做了個很無奈的表情，說：「我今天真是背到極點了，剛跟你打賭，你就復職了，我就是想不認輸也不行啦。不過，還是恭喜你終於要復職了。」

傅華笑說：「我都跟你說了，你跟我打這個賭是很吃虧的。要不就算了吧，權當是一場玩笑，就此揭過了吧。」

謝紫閔認真地說：「那可不行，打賭可以輸，人品不能輸，我可是說到做到的。回頭等你傷好了，我們研究一下，找個項目來合作一下吧。」

傅華想了想說：「其實，我不是沒打過你們雄獅集團的主意，但是目前看來，我還真是沒想到有什麼項目是適合我們兩方合作的。」

謝紫閔語帶玄機地說：「其實合作機會是有的，只是你沒看到而已。」

傅華愣了一下，突然意識到謝紫閔跟他打這個賭，也許是心裏早有算計了呢。便

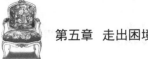

說：「謝總裁，我怎麼突然覺得我好像有點太自以爲是了，你跟我打這個賭也許並不吃虧啊？」

謝紫閔笑笑說：「你忘了，我可是精明的商人，怎麼可能明擺著吃虧，卻還是不回頭呢？」

傅華佩服地說：「高明！說吧，你看中我們海川什麼了？」

謝紫閔這才說：「我對你們海川拿出來的那些招商項目並不感興趣，我既不想去占地建廠，也沒有意思要去做冤大頭，拯救你們的虧損企業。我們不妨把視線轉向到那些你們仍然在盈利的國有企業。既然那些企業還在盈利，說明他們是有他們的長處，我們何妨來個強強聯合啊？」

傅華聽了，很感興趣地說：「你這個思路倒是很新穎啊。那你看中了海川的哪家企業呢？」

謝紫閔說：「那我就說啦，我很看好你們海川市的外貿集團。」

傅華大嘆說：「謝總裁，你的眼光真是毒啊。」

外貿集團公司是海川一家國有大型企業，是一家有著五十多年悠久歷史的企業。曾經是海川市最賺錢的企業之一，很多人都以身爲這家企業的員工爲豪。只是這幾年隨著國家外貿體制的改革，對外出口權由國家壟斷專營變成開放經營，很多私營企業投入到進出口業，對外貿集團的經營造成了很大的衝擊。

但是外貿集團靠著多年來豐富的人脈資源、成熟的營運機制以及專業的外貿人才，牢牢地佔據了海川外貿業老大的地位。雖然沒有以往那麼風光，卻還是一家盈收不錯的企業。

謝紫閔不免自誇說：「那是當然了，我如果沒這種眼光，雄獅集團也不會派我來中國開闢新市場了。海川外貿集團客源豐富，可以輻射到日本韓國。而雄獅集團客源比較偏向東南亞以及歐美。我們兩家可以優勢互補，各取所長。」

傅華笑笑說：「你的眼光倒是不錯，只是海川市似乎沒有將外貿集團改制的打算。你如果想要這家公司，恐怕有些難度。」

謝紫閔說：「你可能會錯意了，不一定是誰改誰的問題，我們也可以是一種合作的關係啊，譬如考慮兩家成立一家合資公司，共同開拓市場。」

傅華仔細想了想，合資倒是可行的，市裏也希望多幾家像樣的外資企業進駐，像雄獅集團這種有國際聲譽的大公司要進駐，海川市那幫人應該是求之不得的，就說：「這倒不是不可以操作，只是要等我養好傷，才可以跟海川市裏溝通。」

謝紫閔說：「這無所謂，反正我們也不急在這一時。那我就等你康復之後，跟你一起去海川看看了。」

傅華爽快地答應說：「行啊。」

謝紫閔見談的差不多了，就說：「那我走了，你身體還沒有完全復原，不要打攪你太久。」

謝紫閔走後，傅華躺到病床上休息。

雖然他嘴上說謝紫閔算計他，但內心中，他對謝紫閔在這時候要跟他合作是很感激的。這可以幫傅華向海川市證明他的能力，也說明他這個駐京辦主任在招商引資方面又有了新的成績。此外，復職在即，讓傅華感覺總算是走出困境了，暫時不會有人再來招惹他。

傅華又想到了方晶。他會遭遇這種局面，都是因爲方晶所致，現在方晶卻帶著錢跑到澳洲去逍遙快活去了，傅華對此頗不甘心。

前段時間，因爲鄭莉遠走巴黎，讓他無暇多想，趁現在復職在即，他該好好來想想要如何解決方晶的問題了。

要解決方晶的問題，首先就必須要能跟方晶聯繫上。他要搞清楚那天晚上，他究竟做了什麼，又沒做什麼?!

但是要怎麼把方晶找出來，傅華心中沒有底，他不像莫克，可以透過馬睿去找駐澳機構尋人，他必須另動腦筋，傅華想到了鼎福俱樂部身上。那家香港公司能夠在那麼短的時間內就馬上接盤，肯定是與方晶熟識，所以一定知道如何聯繫方晶。

但是要怎麼讓這家公司的人願意告訴他方晶的聯繫方式呢？總不能就這麼找上門去，直接逼問人家吧？那樣人家根本就不會搭理他的。

他知道這些做娛樂業的，需要跟三教九流打交道，黑白兩道都要踩。就像當初傅華買地被騙，也是吳雯拜託劉康，才幫傅華找到了騙子，解決了這個麻煩。劉康一定有辦法能幫他打探出方晶的聯繫方式的，於是傅華就打給了劉康。

「劉董啊，你人在國內嗎？」

傅華有好一段時間沒見過劉康，劉康已經移民國外，傅華擔心他如果人在國外，就沒法幫他這個忙了。

劉康說：「我在北京，什麼事啊？」

傅華說：「你在北京就好，我想麻煩你幫我一個忙，幫我找個人。」

劉康詫異地說：「什麼人這麼重要啊，還需要讓我出面幫你找人。」

傅華說：「是以前鼎福俱樂部的老闆方晶，她現在將俱樂部轉手給一家香港公司，我想麻煩您向這家香港公司打聽她在澳洲的聯繫方式。」

劉康遲疑了一下，說：「傅華，你一定要知道她的聯繫方式嗎？我現在不理江湖事很久了。」

傅華懇求說：「這對我很重要，我被這個女人擺了一道，所以有些事必須跟她落實清楚。」

劉康聽了，說：「那行，我幫你問一下吧，你等我消息。」

劉康答應了，就表示問題不大，傅華便笑了笑說：「那先謝謝你了。」

轉天，傅華就接到海川紀委工作人員的電話，告知他可以復職了。不過鑒於他出入鼎福俱樂部這種娛樂場所，行爲又很不檢點，市紀委決定給予他口頭批評一次，希望他引以爲戒，不要再犯類似的錯誤。

這個結果早在傅華意料之中，他便態度誠懇地表示願意接受批評，改正錯誤，今後一定不會再犯。到此，豔照事件調查算是結案了。

海川市。

雲泰公路項目領導小組的例行會議上，莫克按照事先計畫好的步驟，將張作鵬的修改方案拿了出來。

「有件事情要跟大夥說一下，鵬達路橋集團的張作鵬前幾天找到我，說是在施工階段發現了新的問題，需要對原有的施工方案做一些必要的修改，他提交了一份修改方案出來。大家看一下，談談意見吧。」

金達翻了一下放在他面前的那份方案，眉頭皺了起來，說：「要增加這麼多工程量啊？這個張作鵬在想什麼啊？」

莫克說：「如果增加的不多，鵬達集團自己內部就消化了，張作鵬鄭重其事的提交這麼一份方案來，當然是要做很大的修改了。金達同志，你先不要管增加了多少的工程量，談談你對這份方案的看法。」

金達看了莫克一眼，說：「莫書記，原有的施工方案是經過專家充分論證的，張作鵬提出修改，更多的是考慮他們公司在承建工程上的收益，我認為對這份修改方案，根本就不需要考慮。」

孫守義也附和說：「是啊，莫書記，雲泰公路在招標前，就經過省市的專家論證過。現有的方案已經被認為是最合理的方案，我認為沒必要再因為鵬達集團的意見，就去做什麼修改。」

莫克對此早有準備，便說：「金達同志，守義同志，我知道原本的方案是在二位主持下搞的，你們為這個工程項目也做了不少的工作，我把這個修改方案提交到會議上討論，並不是對你們工作的否定，更不是說我對這個方案表示支持。事實上我對路橋施工並不是很懂，就算我發表什麼看法，恐怕也不一定對。」

莫克這話說得很滑頭，他先說他沒有否定金達和孫守義的努力，好像是想撇清自己，表示他並不是針對金達和孫守義兩個人才拿出這份方案。但實際上，莫克這麼說是別有用心的，似乎是在向其他小組成員暗示，金達和孫守義之所以這麼步調一致的反對修改方案，並不是兩人真的是爲了雲泰公路項目好，而是擔心被這個修改方案證實他們之前所做的方案有很大的漏洞。

金達和孫守義都不是笨蛋，自然不會聽不出來莫克的弦外之音，兩人互看了一眼，都看出對方很惱火，不甘願被莫克戴上這個帽子。

金達就說：「莫書記，我不是擔心這個修改方案會否定我和老孫前期所做的工作，而是原定的方案是耗費了很多專業人員的心血才形成的，也不能就這樣貿然的去否定啊。」

孫守義也聲明道：「是啊，莫書記，市長和我都不是出於個人利益才反對的，而是因爲原本的方案是專家充分論證出來的，不是隨便可以更改的。特別是鵬達集團增加了那麼多的工程量。我們領導小組如果同意了這個方案，對社會大眾也不好交代。」

莫克笑說：「兩位，請稍安勿躁，你們不要這麼著急嘛。我一開始就強調過了，不是要否定兩位的工作，也不是說我一定支持這個修改方案，而是認爲原定的方案是在施工前做出來的，對實際施工可能發生的一些因素考慮的並不詳盡，畢竟這種預案是紙上談兵，不可能做到十全十美，一點漏洞都沒有；因此在施工中發現問題，需要進行修改，也不是不可能的。我的意思是這樣，就把這個方案交由專家討論，按照專家的研究結果再來定奪，好嗎？」

莫克的話似乎態度很中肯，但是金達知道莫克絕不會無緣無故的就提出修改方案，一定是有十分把握才會這麼做的。看來莫克和張作鵬事先早已做了某些安排了。

金達覺得十分反感，莫克在招標時已經撈過一次好處了，現在又想透過修改方案再撈一次油水，真是有點太貪得無厭了吧。如果他不跟莫克唱唱對臺戲，別人會覺得他這個市長只會做莫克的應聲蟲了。

金達便正色說：「莫書記，我認為沒必要做這種無謂的工作，原定的施工方案已經很合理了。鵬達集團在競標前，就應該對施工方案很瞭解，如果他們不能在原定的方案基礎上施工，就不會參與競標了。現在雙方既然已經簽訂了施工合同，如果他們無法按照原定方案施工，那就是他們違約，由他們自行承擔違約責任好了，我們無需管這麼多的。」

莫克不禁瞅了金達一眼，你這個傢伙怎麼老是這麼不知趣呢？如果要讓鵬達集團承擔違約責任，我又何必提出這份方案來啊？是閒得沒事幹嗎？你讓鵬達集團承擔違約責任，要我怎麼跟張作鵬交代啊？

莫克的臉沉了下來，說：「金達同志，我覺得你這個態度很有問題。我們現在坐在這裏是為了什麼，難道是為了要去追究承建單位的違約責任嗎？並不是！我們之所以開會討論，完全是爲了要怎麼樣建好雲泰公路項目。爲了這個目的，我們需要排除施工中產生的一切問題，這當中就包括承建單位施工中遭遇到的困難。」

金達並沒有被莫克嚇倒，回說：「莫書記，我不否認您所說的。對，領導小組之所以坐在這裏開會，就是要解決雲泰公路施工中遭遇到的問題。但是，我並不認爲鵬達集團提出來的修改方案是必須的，我覺得張作鵬只是想從這個項目上攫取更大的利益。」

莫克反問道：「金達同志，你是路橋專家嗎？」

金達愣了一下，說：「我當然不是。」

莫克質問說：「那你憑什麼認定鵬達集團提出的修改方案不是必須的？你不覺得你這樣急著下判斷，是犯了嚴重的主觀錯誤嗎？我讓專家來論證有錯嗎？既然你和我都不是專業的路橋建設人員，那爲什麼不把這個問題交給專業人員來處理呢？事情不是明擺著的嗎？如果專家研究後認爲沒有必要，我們自然就拒絕鵬達集團的修改方案；但如果專家的結論是確實有必要，那我們接受修改方案，也有利於雲泰公路順利施工。你在擔心什麼啊？」

金達語塞了，雖然他知道所謂的專家很成問題，卻無法反駁莫克似是而非的說法；他又沒有證據可以證明莫克和鵬達集團有所勾結，存有私心，此刻莫克處處佔據主動，讓他無話可說。

莫克看金達再也講不出半句話來，心裏竊笑了一下：金達啊，就算你心裏跟明鏡似的，卻講不出什麼反對意見來，你也只能乾瞪眼，看著我大搞特搞啦。

莫克便做了結論：「既然金達同志沒什麼話說了，我看就設立一個專家小組，把鵬達集團的修改方案交由專家儘快研究一下。這件事要儘快解決，不能拖，否則可能影響到整個工程的進度。這個項目省裏也十分關注，工期如果拖延，那我們這個領導小組責任可就大了。誰還有不同意見嗎？沒有的話，就這麼決定了。」

孫守義看金達都無話可說了，他自然也找不出可以對抗莫克的理由，只好閉上嘴，保持沉默。莫克就宣布散會。

金達和孫守義一起回到市政府，兩人心情都有些鬱悶。

孫守義跟著金達進了他的辦公室，對金達說：

「市長，你不能再這樣讓莫克繼續任意妄爲下去了，他修改方案，增加工程量，這不是擺明又是拿了張作鵬的什麼好處了嗎?!」

金達點點頭說：「是啊，我要去省委找呂紀書記反映一下這個情況。」

孫守義對金達的反應有些意外，金達自從跟莫克搭班子以來，雖然對莫克有很多意見，但是表面上還是儘量維持莫克的顏面。這次金達卻選擇不再隱忍，是不是代表著海川政壇正在發生微妙的變化？

在金達來說，他之所以決定要去找呂紀，則是認爲他該把這些日子心中的苦水跟呂紀倒一下了，讓呂紀知道他爲了支持莫克，做了多麼大的努力，如果將來哪一天他忍無可忍跟莫克衝突起來，呂紀不要再責怪他不顧大局。

金達就跟呂紀約了見面時間，趕去了呂紀的辦公室。

呂紀見金達特地來省城，隱約感到可能是莫克又出了什麼問題了，不敢大意地問道。

「秀才，什麼事啊？」

金達抱怨說：「是這樣，莫書記說要修改雲泰公路的施工方案。」

呂紀一聽莫克就煩了，說：「這個莫克又在搞什麼啊？折騰來折騰去的，就不能清閒一會兒嗎？究竟怎麼回事，他怎麼突然又想起要修改施工方案了？」

金達說：「是鵬達集團向他提出要修改施工方案的，莫書記就把這件事提交領導小組討論，雖然他說要把修改方案交出專家評定，但我看他的意思，其實是早已傾向於接受修改方案了。」

鵬達路橋集團的張作鵬？呂紀的眉頭皺了起來，看著金達問道：「你是說，莫克這次是跟張作鵬聯手要修改施工方案？」

呂紀的反應都在金達的意料之中，張作鵬是孟副省長的人，呂紀對莫克跟張作鵬勾結肯定很不滿，這也是金達敢跑來向呂紀告莫克狀的原因。

金達點點頭說：「是啊，呂書記，這種套路很明顯，得標後，再提出修改方案，不用說，肯定存有貓膩。我對此很反對，但是莫克書記用專家論證來壓我，我也沒辦法反對。」

呂紀沉吟了一會兒，然後說：「秀才啊，你把這個情況跟我反映，很好。」

呂紀說完很好之後，就沒再說什麼了，搞得金達像個悶葫蘆一樣，弄不清楚呂紀對這件事究竟是什麼態度。

呂紀看金達用困惑的眼神看著他，心裏苦笑了一下，秀才啊，我對這件事的真正態度可不能告訴你。不錯，我是對莫克和張作鵬勾結很反感，但是現在我卻不能這麼做。不爲別的，就是因爲這件事牽涉到了張作鵬；牽涉到張作鵬，就牽涉到了張作鵬的主子孟副省長。

因爲顧忌鄧子峰的原故，呂紀在省委的工作會議上才向孟副省長示好過，這時候如果出面攪黃了張作鵬的好事，等於反過手來又打了孟副省長一個耳光。這對呂紀現在要跟孟副省長合作的戰略目標是不相符合的。

呂紀因爲需要跟孟副省長合作好來制衡鄧子峰，所以像莫克和張作鵬勾結謀取私利這種枝節問題，呂紀選擇了暫時無視。

不但要暫時無視，還要樂觀其成，因爲呂紀覺得，孟副省長也許會認爲莫克做這件事照顧了張作鵬的利益，就是出於他的授意，這是他向孟副省長示好的一個表示。

不過暫時無視，不代表永遠無視，呂紀因爲這件事，對莫克越發厭惡了。心中決定，只要騰出手來，第一時間就要想辦法把莫克從海川市委書記的位置上給拿下來。

然而，他的想法卻無法告訴金達，於是搶先一步說：「秀才，這件事我一定會處理的，但是現在時機還不成熟，所以暫時需要把這件事放一放，你明白我的意思嗎？」

儘管金達滿心疑惑，但是呂紀既然不打算告訴自己，他也沒有膽量再去問呂紀，只好頹喪地說：「我明白了，呂書記。」

呂紀又交代說：「秀才啊，在我沒處理這件事之前，我希望你繼續配合莫克，維持海川市領導班子的團結。你應該知道我這麼要求你，是爲了你好。你能做到嗎？」

金達自然明白這裏面的利害關係，便趕忙說：「您放心好了，我能做到。」

呂紀又說：「秀才啊，你還要繼續幫我操操心，如果莫克再有類似今天這種情況，你要及時跟我說一聲，好讓我有心理準備。」

呂紀這麼說，讓金達感到了一種被信賴感，便立即點頭說：「我知道，我會及時把有關情況彙報給您的。」

呂紀滿意地說：「那就好。秀才，我還有一件事要問你，你知道不知道市委對那個駐京辦主任傅華是怎麼處理的？」

金達回說：「紀委已經結束了調查，認定他沒有什麼違紀的行爲，口頭給了他批評，就讓他復職了。」

呂紀不置可否的說：「這樣子啊。」

第六章

王道做法

傅華想玩的是王道的做法，
他要正大光明的向海川市領導們展現他在東海政壇上真正的實力，
於是跟雄獅集團的合作對他來說，是一次很好的機會，
運用得當的話，他就能夠達到他想要的效果。

從齊州往海川回去的路上，金達一直在想：爲什麼呂紀會對莫克和張作鵬勾結的事不敢處理，他在顧忌什麼？看來呂紀顧忌的並不是莫克，而是張作鵬。可是張作鵬有什麼好顧忌的呢？張作鵬在東海政壇上沒什麼影響力，有影響力的是張作鵬後面的人，也就是他的後臺孟副省長，呂紀一定是在顧忌孟副省長。

他猜測呂紀一定是感受到鄧子峰的威脅，想要拉攏孟副省長，好跟鄧子峰抗衡。聯想到前幾天呂紀在省委工作會議中，似乎有爲孟副省長辯護的味道，金達越發肯定他的這個看法是正確的。

金達暗自搖了搖頭，原來高層間的勾心鬥角一點也不比下面的少。

他又想到呂紀問起傅華這件事上。呂紀又是想釋出什麼信號呢？是爲傅華主持公道，還是借機敲打莫克呢？

按說以呂紀的身分，是沒必要爲了一個地級市的駐京辦主任出頭的，金達原來覺得是呂紀敲打莫克的成分居多。但是今天呂紀在他面前問起傅華來，卻讓金達覺得他原來的看法可能不夠全面。如果呂紀想要敲打莫克，在省委的那次講話就該足夠了，沒必要再問起對傅華的處理結果。

也許呂紀是想爲傅華主持公道？想到這裏，金達忽然不安了起來，開始覺得在這件事上，他的做法似乎有很大的錯誤。

傅華發生豔照事件後，金達爲了不跟莫克衝突，選擇了置身事外的態度。加上後來傅華也一直沒跟他彙報過這件事，金達心中有氣，索性就對這件事來了個相應不理。但是現在連呂紀都出面維護傅華了，他這個公認是傅華的朋友，卻沒有一點支持傅華的態度，似乎就有點太說不過去了。

金達就想，也許他應該主動給傅華一個電話，安撫一下他的情緒才對，於是金達撥通了傅華的電話。

「傅華，身體恢復得怎麼樣了？」金達問候著。

傅華平淡的說：「還不錯。市長，找我有事嗎？」

金達感覺到傅華的回話有種疏離的意味，心裏彆扭了一下，看來傅華對他還真是有意見了。金達就笑笑說：「也沒什麼別的事，就是紀委跟我講你的調查已經結束，可以復職了，所以想問問你的情況。」

傅華說：「也沒什麼情況，我目前還不能出院，駐京辦的工作仍然由小羅主持，就這樣。」

傅華一句話就把金達的話給堵死了，讓金達很難把話題深入下去，一時之間居然有點無話可說，通話便出現了短暫的沉默，氣氛十分尷尬。

停了一會兒，傅華打破沉默道：「市長，還有別的事嗎？如果沒有，我就掛了，我還在復健中呢。」

金達愣了一下，沒想到傅華對他這麼冷淡，有點無趣，便笑笑說：「行，那你好好治療吧，我掛了。」

傅華說了一句再見，就掛了電話。

金達拿著電話，聽著耳邊傳來的嘟嘟聲，心裏很不是滋味，你這是什麼態度啊，再怎麼說我也是你的領導，還輪不到你耍態度給我看；何況，你自己行爲不檢點，被人設計了，不檢討自己的錯誤，還怪罪別人，簡直是豈有此理。

金達越發感到惱火，將手機收了起來，心說該找個適當的機會給傅華點顏色看看，讓傅華明白，他才是他的上司，他對傅華的態度友好，是他做領導的謙恭而已，不代表傅華就可以不尊重他。

傅華掛了電話，把手機遞給身邊的趙婷，趙婷接過手機看了看，不禁說道：「傅華，你怎麼對金市長這麼冷淡啊？」

傅華反問道：「我很冷淡嗎？」

趙婷點點頭說：「是啊，你的態度根本就不像在對一個上司說話。我聽他的話意似乎是想跟你聊聊，你卻不想給他機會，這樣不好吧？」

傅華不滿地說：「我知道他打電話來是想跟我聊聊，但是事情發生這麼久，現在他才想跟我聊，你不覺得有點晚了嗎？你知道他爲什麼打電話來嗎？他一定是聽到呂紀書記公開支持我，才想到要打電話來的。」

趙婷聽了說：「金市長不是這麼勢利的人吧？」

傅華搖搖頭說：「小婷，你知道這件事讓我認識到了什麼嗎？那就是你千萬不要拿一個政府官員，尤其是你的上級當朋友。如果真的傻到拿他當朋友看，那你會死都不知道是怎麼死的。」

趙婷笑說：「好了，你別跟我說這些了。反正你們男人的事情就是複雜，我不想聽了。既然你不想理他，就專心復健吧。」

傅華就不再言語，專心在他的復健訓練上了。

復健完，趙婷陪傅華回病房，說：「傅華，我看你恢復得很快，應該不久就可以回去上班了。」

傅華開玩笑說：「你那麼急幹嘛？不想再來醫院陪我啦？」

趙婷愣了一下，看著傅華說：「你怎麼了，以往你不是都把駐京辦的工作看得很重要嗎？怎麼現在連回去上班都不情願的樣子啦？」

傅華說：「我不是不想回去上班，而是有些事我還沒有想清楚，正好借這次機會好好想想。」

趙婷奇怪地說：「你這次住院的時間不短，什麼事讓你需要想這麼久啊？」

傅華說：「我在想以往我做事的方法是不是有什麼問題，是不是需要改變一下。」

趙婷聽了，說：「你這個人在某些方面是有些固執，我也有些看不慣。但是，好像你就該是那個樣子，一改變就不是你了。」

傅華看著趙婷問道：「小婷，你是這麼認爲的啊？」

趙婷說：「是啊，從我認識你的時候，你就是這個樣子，做事有自己的原則，輕易不肯變通。這些年我已經習慣了，你要是真的改變了，我恐怕還很難適應呢。」

傅華笑說：「小婷，我現在好像到了一個轉捩點上，再這麼下去，我只能走進死胡同，連個能出面維護我的人都沒有了。這次如果不是我自己動了點小心機，恐怕到現在，我還是在停職狀態呢。」

趙婷便說：「傅華，你不要被我的意見影響，我只不過是說說而已，你想怎麼做就怎麼做吧。」

傅華跟趙婷說這些，是想從趙婷那邊得到支持，但是趙婷的態度似乎很難接受他的改變，傅華又不想困守在原來的框架中，這讓他有點鬱悶，不知該如何是好了。

傅華其實已經嘗試著在做改變，就像他讓曲煒幫他找呂紀說項，就是一種在利用呂紀和鄧子峰的矛盾，巧妙爲自己爭取利益的做法，要是在以前，他是不屑於爲了自己的職位玩弄這種心機的。

今天他對金達的態度，也是一種改變，他既不尊重金達，也不想報復金達，因爲他已經不再拿金達當朋友看了。對一個不是朋友的官員來說，他無需投入什麼情感。

現在海川幾個主要的領導之間矛盾重重，金達表面跟莫克亦步亦趨，實際上是在等著看莫克出問題，莫克只要稍稍出現一點風吹草動，兩人間的和諧就會馬上分崩離析。

至於孫守義，他跟莫克基本上處於一種敵對的關係，但是因爲金達的緣故，孫守義不得不暫時容忍莫克的行爲，而莫克也不能拿孫守義怎麼樣，因爲孫守義背後雄厚的背景，不是莫克可以隨便招惹的。

至於孫守義跟金達間的關係，傅華覺得就有點耐人尋味了，孫守義雖然跟金達是同一陣線，但是有些做法又並不一致。就像這次豔照事件，金達選擇置身事外，孫守義卻爲他做了適度的抗爭，明顯和金達的態度有分歧。

傅華絕不會認爲這是孫守義跟他友誼深厚之故，孫守義也是有自己的利益盤算的，那是他對自己的一種籠絡手段。

但是傅華對此並不反感，不管孫守義出於什麼目的，客觀上他還是幫了自己的忙。傅華很願意接受這種籠絡，站在孫守義一邊，對孫守義有所報答。因爲在官場上，你不可能一個盟友都沒有。想要在官場上吃得開，就必須要結交幾個盟友，即使是出於利益的考量。

在官場上做孤鳥是很辛苦的，如果不跟別的勢力結盟，別的勢力就會拚命的排擠你，打擊你，你在官場上只會處處吃癟，毫無容身之地。傅華便是把孫守義視爲未來的盟友，傅華希望，重新回到駐京辦的自己，是一個不再任人魚肉、全新不可侮的傅華。

要做到這一點，並不是件容易的事，幸好傅華在這些年的駐京辦工作中，已經在北京、東海、海川建立起一個廣泛的人脈網路。這當中包括鄭老一系的老領導、趙凱的商界人脈，以及蘇南和鄧子峰的政商兩界人脈，這些都可以好好善加利用。

特別是蘇南和鄧子峰，傅華並不因爲鄧子峰利用他，就打算跟他疏遠甚至敵對，相反地，傅華已經感受到蘇南的父親蘇老這一派系隱藏的實力，鄧子峰將會是在未來東海政壇呼風喚雨的人。

而曲煒、呂紀這派和鄧子峰間的角力互鬥，正好爲傅華所用，他滿可以利用這兩邊的人脈，爲自己獲取一個左右逢源的地位，也讓海川的那幫人，莫克也好，金達也好，不得不對他心存顧忌，不敢再隨意的來整他。

趙婷見傅華沉思不語，忍不住問：「傅華，有件事我一直想問你，你究竟想怎麼處理鄭莉姐的事啊？」

傅華無奈地說：「我現在這個狀態又能採取什麼行動啊？只能順其自然了。」

這時，傅華的手機再次響了起來，趙婷把手機遞給傅華，打趣說：「你還是早點出院吧，電話接個沒完，比在駐京辦還忙。」

傅華看了一下號碼，很陌生，不知道是誰打來的。

「你好，我是傅華，是那位找我？」

話筒裏一個豪爽的男人笑著說：「傅先生，我呂鑫啊。」

傅華愣了一下，居然是「天皇星號」賭船的船東呂鑫！呂鑫會有什麼事找他呢？難道是方晶讓呂鑫打來的？就笑了笑說：「呂先生，找我有事啊？」

呂鑫說：「聽說傅先生在找方晶女士？」

果然是方晶，不知道劉康動用了什麼管道，居然把呂鑫給驚動了出來。

傅華說：「是啊，方晶去澳洲前，有些事情沒交代清楚，所以我想要跟她聯繫一下。您有她的聯繫方式嗎？」

呂鑫說：「有啊，不過，傅先生你也是的，要找方晶跟我說一聲就是了，去打擾我的朋友就不太好了吧？」

傅華不清楚呂鑫指的是什麼，只好含糊地說：「不好意思啊，呂先生，主要是因爲我急於跟方小姐聯繫上，才會出此下策。」

呂鑫聽了說：「我很理解傅先生急於找到方小姐的心情，方晶做的是有點過分了。」

傅華尷尬的說：「呂先生也知道發生了什麼事了？」

呂鑫說：「我跟伍權一直有聯絡，所以知道了也沒什麼可奇怪的。只是我很詫異，傅先生居然會有那種背景的朋友。」

傅華知道呂鑫說的是劉康的黑道背景，便笑笑說：「這也沒什麼好詫異的，我們駐京辦，三教九流什麼人都接觸的。」

呂鑫說：「傅先生就不要掩飾了，幫你出面的朋友可是背景很深的，有機會我倒是很願意跟你的朋友認識一下，不知道傅先生肯介紹給我嗎？」

傅華並不想做這種仲介，再說劉康已經是隱退狀態，估計也不會想跟呂鑫接觸。就說：「這個我恐怕幫不了您，我那位朋友現在已經不太願意出頭露面了。」

呂鑫也不勉強，就說：「那就更說明傅先生能力很大啊。我告訴你方晶的電話，你記一下。」

傅華便把方晶的聯絡電話記了下來。

「謝謝你了，呂先生。」

呂鑫說：「謝謝就不必了，告訴你的朋友，不要再去打擾我的朋友了。」

傅華趕忙說：「沒問題，我會跟他說的。」

呂鑫就掛了電話，一旁的趙婷說：「你要方晶的電話幹嘛啊，還嫌她害你害得不夠啊？」

傅華說：「我有些事必須跟她搞清楚。行了，你別管了，我自有分寸的。」當著趙婷的面，傅華不好打電話給方晶，就把號碼收了起來，然後撥給了劉康。

「劉董，我拿到方晶的聯繫方式了，謝謝啦。」

劉康聽了說：「別這麼客氣，你拿到想要的東西就好。」

傅華接著說：「聯繫我的是香港一個賭船的船東，叫呂鑫，他要我跟您說，不要再去打攪他的朋友了。劉董，您是對他們做了什麼啊？」

劉康說：「你不要管我做了什麼，你知道也沒什麼好處。你說的這個呂鑫，是道上赫赫有名的人物，也剛好是他的朋友來北京，如果在香港，我還真是拿他們沒轍。傅華，以後你要注意，不要招惹這幫傢伙，這幫傢伙太危險，惹上了很麻煩。」

傅華忙說：「我知道，我跟他們實際上是不打什麼交道的，我打交道的是那個叫方晶的女人。」

劉康嘆說：「女人更麻煩。」

傅華心有所感地說：「這倒也是。」

兩人又閒扯了幾句，就掛了電話。

轉天，傅華撥了方晶的電話，方晶倒是沒什麼遲疑，很快就接了電話。

傅華忍不住調侃說：「方晶，沒想到你還敢接我的電話。」

方晶卻說：「這有什麼不敢的，我現在人在澳洲，就算接了你的電話，你也不能拿我怎麼樣吧？其實呂鑫告訴你這個號碼，是事先已經徵求過我的同意才告訴你的。傅華，我聽說你現在狀況很不好，還被人捅傷住院了？」

傅華冷笑說：「你還關心我的狀況好不好啊？方晶，你不就是想往死裏整我嗎？」

方晶苦笑一下說：「傅華，我知道你很恨我，我承認，當時報復你的時候，我心裏恨不得你死。那時我就像中了邪一樣的難以控制自己。現在想想，我當時有點失去理智，確實做得過分了。你的傷勢怎麼樣，不要緊吧？」

傅華淡淡地說：「還死不了。」

方晶難過地說：「你別這樣，傅華，你應該知道我那麼做，其實是因為我心裏是喜歡你的。」

傅華說：「你這種喜歡方式我可承受不了，你害得我到現在還得不到鄭莉的諒解，也無法見到兒子。方晶，你真是害得我好苦。」

方晶無法替自己辯解，只好說：「好了，傅華，那些事都已經過去了，不是嗎？你費這麼大勁找我，不會只是想要罵我幾句吧？」

傅華不得不佩服這個女人的精明，一眼就看透他打電話來是有別的目的，便說道：「不錯，我有些事想跟你落實一下，我想問你寄給鄭莉的那些照片，上面的事是真的發生過嗎？」

方晶聽了，笑說：「原來你是想問你究竟有沒有跟我上床啊？」

傅華恨恨地說：「我你沒那麼無恥，快說，究竟是不是真的發生過？」

方晶沒回答，反問道：「你說呢？」

傅華生氣地說：「你別嬉皮笑臉的，快說有沒有。」

方晶嚴肅了起來，說：「是，的確發生過，是我賤，要這樣才能跟心愛的男人做那件事，是我迷姦了你，這麼說你滿意了嗎？」

方晶這麼說，反而讓傅華尷尬起來。

「方晶，你這是何必呢？」

方晶哀怨地說：「何必？我賤嘛，我愛勾引有婦之夫，我喜歡跟男人上床，我拿全部的真心去對待一個男人，換來的卻是對方的欺騙，可以了嗎？」

傅華說：「方晶，你不用這麼說自己，你心裏清楚你不是這樣子的。」

「我清楚？」方晶冷笑一聲，說：「好像你有多瞭解我似的。」

傅華嘆了口氣說：「好了方晶，就算是我做了對不起你的事，我現在遭到的報應應該也可以抵過了吧？大家扯平了吧，今後我也不會再來打攪你了，就這樣吧。」

方晶愣了一下，她原本以爲面對的會是傅華雷霆般的怒吼質問，沒想到傅華這麼快就要結束談話，不禁問道：「傅華，你真的不恨我了嗎？」

傅華慨嘆說：「我們之間的恩怨，是不能用一個恨字來總結的。畢竟我也有虧欠你的地方，你報復我也在情理中；我是想恨你，但想想也沒什麼好恨的地方。算啦，我們就此揭過吧。」

方晶卻說：「傅華，我倒情願你恨我，起碼那樣你心裏還會記掛著我這個人。」

傅華聽了，納悶說：「我真是搞不懂你的邏輯。大家在北京好好的做朋友，還能偶而見個面，這樣不好嗎？你非要搞出這麼多事來，跑到澳洲去，錢對你來說真是那麼重要嗎？」

方晶懊悔地說：「不是錢的問題，傅華，在那一刻，是那些發生的事一步步地把我逼到了牛角尖裏，讓我感覺非要那麼去做不可。但是事情過後，回過頭再去想想，我才發現，原來這麼做很愚蠢。我現在十分後悔，但是已經沒有回頭路了。」

看來方晶雖然跑到澳洲，過得也並不快樂，傅華想要安慰她，卻不知道該說什麼好。停了好一會兒，方晶才又說：「傅華，莫克因爲這件事難爲你了？」

傅華說：「是啊，他早就看我不順眼了，好不容易逮到這個機會，怎麼肯放過我啊？

不過想對付我，他的道行還欠了點。呂紀書記狠批了他一頓，他也不得不老老實實的讓我復職了。」

方晶有些擔心地說：「你還是要小心些，莫克那個人很小心眼，他一定還會想辦法來對付你的。」

傅華發狠說：「他想對付我？呵呵，沒那麼容易。如果他再對我打什麼歪主意，我會讓他知道我不是那麼好惹的。」

方晶忍不住說：「傅華，我怎麼覺得你好像變了個人似的？以前你是不會用這種語氣說話的。」

傅華自嘲說：「受了這麼多教訓，我也該成熟一點了，不是嗎？」

方晶笑笑說：「這倒也是。誒，傅華，如果你想對付莫克，我手裏倒有一件東西可以幫你。」

傅華問：「什麼東西啊，不會是原來你準備報復莫克的證據吧？」

方晶說：「你猜對了。」

傅華說：「說起這個，我覺得很奇怪，當初你在我面前對莫克恨得咬牙切齒的，似乎非要狠狠報復他不行，怎麼出國之後反而偃旗息鼓，沒有什麼動作了呢？」

方晶解釋說：「我當時是那麼打算的，不過我來澳洲不久，莫克就找到了我，讓我不要去揭發他，還威脅我，說什麼引渡條約之類的事，說我會因爲這件事被引渡回國受審。我當時被嚇到了，就把這件事給放下了。這幾天我找了律師諮詢了一下，才知道原來國家間的罪犯引渡是一件很麻煩的事，並不會輕易就啓動的。」

傅華說：「那你也可能會有麻煩的，還是不要了吧。」

方晶說：「我自己心裏有數。我手頭有一些不牽涉到我又可以證實莫克受賄的資料，就給你吧。」

傅華回說：「不用了，莫克的事隱藏不了多久了，他已經被人盯上了。現在盯上他的人，只是在等一個合適的時機，好把這件事給揭發出來而已。你把這些資料給我也沒什麼用處的。」

傅華知道鄧子峰暗地裏已經要拿這件事做文章了，即使沒有方晶的這份資料，莫克也是逃不掉的；反而有這份資料的話，會打亂鄧子峰操作這件事的步驟，一不小心還會被牽扯到。

方晶說：「我只是想幫你一下，我不願意看到莫克老是針對你。」

傅華譏諷說：「他再針對我，也不會讓我遭遇到你給我造成的這種狀況啊。」

方晶無奈地說：「傅華，你總算說實話了，你心裏還在恨我，是吧？」

傅華坦承說：「說一點不恨是假的。好了，方晶，你好自爲之吧。我估計莫克的事不會拖很久的，很快就會爆發，你要小心不要被他牽連上。」

方晶苦笑說：「我諮詢過律師了，應該沒那麼容易的。其實我有時候在想，也許被牽扯上也未嘗不是一種解脫，那樣說不定我們還有見面的可能。」

傅華被感動了一下，說：「別傻了，我還是希望你沒事。你保重吧。我掛電話了。」

方晶不免惆悵地說：「好，你也保重。再見了。」

下午，徐筠跑來看傅華，說鄭莉從手機傳來幾張傅瑾的照片，十分可愛。傅華趕忙從徐筠手裏接過手機，看到照片裏的傅瑾伸著胖胖的小手，似乎是想去抓相機的樣子；另一張照片中，傅瑾不知道被什麼逗得滿臉笑容，笑容純真燦爛，像天使一般。

傅華差點眼淚都流了出來，他很想傅瑾。藉著低頭將照片傳進自己手機的機會，強行將眼淚壓了回去，然後才抬頭對徐筠說：「筠姐，他們母子在巴黎還適應吧？」

徐筠嘆說：「傅華，你不用掩飾，我知道你很想她們。你們倆也是的，明明都深愛著對方，爲什麼要這樣子僵持呢。」

傅華苦笑了一下，看到兒子的照片後，他更是思念不已，爲了能看到兒子，叫他做什麼他都願意，便說：「筠姐，我真的很希望小莉能夠原諒我，但是小莉不肯給我機會啊。要不，你給我小莉在法國的電話，讓我跟她聊聊?!」

徐筠爲難地說：「這個嘛，傅華，小莉的個性你又不是不知道，這樣吧，我先問過她，再告訴你，行嗎？」

「那就拜託你了。」

徐筠離開後，傅華的心一直是懸著的，他不知道鄭莉肯不肯讓徐筠把聯繫電話告訴他。如果鄭莉同意，就表明鄭莉態度趨向緩和，打算原諒他了。如果不肯，就等於事情仍然沒有轉圜的餘地。

等了很久，他的手機終於響了起來，看區號是國外的號碼，傅華的心怦怦跳了起來，難道是鄭莉打過來的？

傅華趕忙接通了電話，就聽到一個很遙遠的聲音說：「傅華，我是鄭莉啊。」

傅華激動的差一點哭了出來，哽咽著說：「真的是你嗎？小莉，你肯原諒我了嗎？」

鄭莉淡淡的說：「傅華，你先別激動，我打電話給你，並不是要原諒你。」

傅華央求說：「小莉，我已經知道錯了，難道你就不能給我一個改正的機會嗎？」

鄭莉嘆了口氣，說：「傅華，我不是不想給你機會，但是你和方晶的照片在我腦海裏始終揮之不去，我不知道要怎麼跟照片上的這個男人再共同生活下去，我沒辦法，起碼暫時不行。」

傅華痛苦地說：「小莉，你知道那並不是出於我的意願的，你就再給我一次機會吧。」

鄭莉仍是硬著心腸說：「就算不是出於你的意願，客觀上已經造成這種後果了，我心中始終對此無法釋懷。傅華，你別說了。」

傅華只好問道：「那你和小瑾在法國過得怎麼樣啊，兒子還能適應嗎？」

說到傅瑾，鄭莉就笑了，說：「小瑾越來越可愛了，他很能適應這邊的生活，你就放心吧。」

傅華又問：「那你準備在那邊待到什麼時候啊？」

鄭莉說：「這個我還沒決定。傅華，我打電話給你，就是想跟你說這件事。我希望你能給我一點時間和空間，讓我冷靜一下，看看能不能忘掉那些令人不愉快的事。這段時間，請你不要來打攪我，也不要再去糾纏筠姐，讓她勸我跟你和好，行嗎？等我想好了，決定原諒你了，自然就會回去見你的。」

傅華遲疑了一下，說：「行是行，不過，你要想多久啊？可不要太久啊。」

鄭莉想了想說：「半年吧，你給我半年的時間，如果半年後我仍然沒回到你身邊，那就是說我們緣盡了，你也不用等我了。」

傅華急了，說：「不行，不管多長時間我都會等著你的。」

鄭莉堅決地說：「不用，我們就約定半年。半年後，再來決定我們的未來。好了，傅華，我掛電話了。」

傅華叫說：「小莉，我會等你的，你可千萬別放棄我啊。」

鄭莉沒再說什麼，掛了電話。

傅華苦笑了一下，不得不接受鄭莉的決定。半年的時間，說長不長，說短不短，這段時間之內，他不能見到鄭莉和傅瑾，不能不說是一個煎熬。

有人說，愛是人生中最美好的事，但是也有人說，愛是盲目的；甚至是危險的，就像方晶，她對他的報復完全是源於對他的愛，一旦當對方沒有以相同的愛回報她時，源於愛的恨就產生了。

而鄭莉這麼對他，也是一種愛的苛求，鄭莉的苛求比方晶的更加嚴格，因爲她的愛容不得一點渣滓。傅華瞭解鄭莉的個性，知道無法改變鄭莉的決定，他也只能靜待半年後，看鄭莉會不會因爲淡忘而原諒他了。

第二天早上，醫生正在給傅華做例行的檢查，鄧子峰推門走了進來。

傅華叫了聲鄧叔，想站起來。鄧子峰忙揮手制止他，說：「別起來，別打斷了大夫的工作。」

傅華意外地說：「您怎麼過來了？」

鄧子峰說：「我來北京開會，正好有點空，就想過來看看你。誒，大夫，我這位朋友恢復得怎麼樣了？」

大夫說：「他恢復得挺好的，不用多久就可以出院了。」

傅華冷眼旁觀著鄧子峰，看鄧子峰一臉和善，一點都看不出來他會設下圈套對付呂紀和莫克。

作爲一個局外人，看到這種場面其實是件很有趣的事。明明知道是假的，卻還假裝不知情，給人一種滑稽的感覺。

但是誰不是在假裝呢？連傅華都知道自己也是在假裝，他假裝不知道鄧子峰設計了那個圈套。其實大家都一樣，展現給別人看的都是僞裝出來的一面。

大夫很快檢查完，離開了病房。鄧子峰坐到病床旁，說：「傅華，你還不錯嘛，遇到這麼多事，神氣還挺足的。」

傅華笑說：「垂頭喪氣又幫不了我什麼忙，我當然要樂觀去面對了。樂觀一點，日子也就不那麼難熬了。」

鄧子峰笑了笑說：「對，就應該這樣想，苦中作樂嘛。再是，你也別老在這裏泡病號了，你不是復職了嗎？你這個駐京辦主任也該早點回去工作了，忙起來，這些煩惱就沒有了。」

傅華開玩笑說：「鄧叔，您可是省長啊，怎麼也替我們海川駐京辦操起心來了？」

鄧子峰說：「我替你們海川操什麼心啊，我是就事論事而已。我自己的事還操心不過來呢，哪有閒心替你們操心啊。」

傅華聽了說：「您在省裏的工作不是做得挺好嗎？上次曲秘書長來看我，說您在省政府的工作進行得有聲有色的。」

鄧子峰笑說：「什麼有聲有色啊，那是曲秘書長說的客套話而已。其實現在我還沒把東海省政府的工作理出個頭緒來呢。現在曲秘書長馬上就要轉任到省委去，我又少了一個有力的臂膀，以後的工作恐怕會更加艱難了。」

傅華覺得鄧子峰這句話說的有點言不由衷，曲煒再有能力，也是呂紀一手帶起來的人，是呂紀在省政府的耳目。鄧子峰應該只會覺得曲煒在身邊礙眼，根本就不會覺得曲煒是他的有力臂助的。但他仍是笑了笑說：

「不會啦，您一定能把東海省的工作搞得更好的。」

鄧子峰不滿地說：「傅華，別給我拍這種馬屁了。說點實在的。」

傅華打哈哈說：「鄧叔，我又不在省政府工作，能跟您說什麼實在的啊？」

鄧子峰正色說：「你別以爲我不知道，東海省的藍色經濟構想，其實是源自你和金達搞出來的一份報告。」

傅華自謙說：「那是金市長的想法，我只是提供一些參考意見罷了。」

鄧子峰搖搖頭說：「你又跟我謙虛了。傅華，你別這樣好不好，謙虛過頭可就是驕傲了。行了，我今天來，一個是想看一下你，另一個也是想問問，你對東海經濟有沒有什麼新的想法？」

傅華笑說：「鄧叔，您這可是有點問道於盲了，我哪敢對東海經濟有什麼想法啊，在您這個大省長面前，更是沒有我指手劃腳的餘地啊。」

鄧子峰瞪了傅華一眼，說：「你別給我嬉皮笑臉的，我想聽點有價值的東西。我又沒讓你做什麼決定，只是想聽聽你的看法，看看有沒有什麼建設性的意見。傅華，你知道我這個省長已經接手有些日子了，應該開始著手制定我自己發展東海經濟的戰略了。當初你跟金達搞出來的那個藍色經濟，就很有新意，給了呂紀書記很大的啓發。今天我就是想跟你聊聊，看看你的腦袋裏能不能拿出一點新的東西來。」

鄧子峰這麼說倒也是實情，他確實是時候該提出自己的經濟發展思路了。政壇上是很講究這些的，中央考核地方上成績的時候，經濟發展戰略也是很重要的一部分。

像呂紀，他喊出的藍色經濟口號和發展戰略就很吸引眼球。有人說中央之所以選定呂紀出任東海省委書記，他提出的藍色經濟戰略給他加了很多分。因此鄧子峰急於拿出自己的發展戰略也就在情理中了。何況他是個很有野心的人，絕不會讓自己被呂紀的鋒芒蓋過去的。

鄧子峰其實還真問對了，傅華的確是有些新的思路，他的思路是因為謝紫閔上次提出想要跟海川外貿集團合作而被啟發的。

謝紫閔跟他提到想跟外貿集團合作的想法後，傅華在醫院閒著沒事的時候，就開始思考要如何跟海川市政府談這件事。

想來想去，傅華認為直接跟海川市政府說這件事，很可能會被海川市政府不當一回事。而且，那樣會感覺是雄獅集團求上門來的。

這些領導們都有一個壞毛病，求人的時候，什麼樣的條件都可能許諾出來；反過頭來，求到他們的時候，他們不當回事不說，還會處處設置障礙，這就不好了。

現在傅華的心態發生了很大的改變，已經不想再處處受制於那幫領導了。他要告訴這些領導們，他傅華不是他們能夠隨便得罪的。

要實現這個目的，傅華自然要拿出點手段來。但他並不想玩那些邪門歪道的小伎倆，傅華想玩的是王道的做法，他要正大光明的向海川市領導們展現他在東海政壇上真正的實力，於是跟雄獅集團的合作對他來說，是一次很好的機會，運用得當的話，他就能夠達到他想要的效果。

求人辦事當然無法展現力量，因此傅華排除了跟海川市政府彙報雄獅集團想要跟外貿集團合作的想法，他要把這件事情擴大化，擴大到讓海川市政府反過來覺得他們必須上門求告雄獅集團的程度。

而要擴大到這種程度，按照傅華的想法，就必須把這件事提到省裏的高度，讓這件事從省政府發起，那樣海川市就不得不重視起來了。所以，即使鄧子峰不找上門來，傅華也是會跑一趟東海省政府的。

現在鄧子峰問起東海經濟的發展戰略，傅華正好可以把雄獅集團的事包裝在裏面，跟鄧子峰講他的想法。

傅華便說：「鄧叔，全盤的考量我心裏沒有，也不是我這個身分應該去思考的。不過，前段時間，一家國際企業找我，希望我去給他們工作，我並沒有答應他們，但從他們公司的經營上，我對東海經濟倒是有一點不成熟的想法。」

第七章

一盤大棋

從謝紫閔的神情裏，傅華看出她似乎對他這麼做有點不屑，便說：
「謝總裁，我是在下一盤大棋，並不是純為我個人著想。
這盤棋，你們雄獅集團不但不會受什麼損害，反而會大大的受益。」

鄧子峰聽了，說：「廢話就不要講了，你就說什麼想法吧。」

傅華說：「我相信鄧叔對東海的地形一定很熟悉了吧，您應該知道東海省沿海一帶有著漫長的海岸線。這條海岸線輻射的正是日本和韓國等東北亞地區，是一條進出口貿易的黃金海岸線，如果把這條黃金海岸線打造成東北亞的國際貿易中心區，是不是適合東海經濟目前的發展趨勢呢？」

鄧子峰眼睛不禁亮了起來，喃喃地說：「黃金海岸線，東北亞的國際貿易中心，這個口號倒是很響亮。」

傅華接著說道：「另一方面，這個發展戰略也是呂紀書記藍色經濟戰略的延伸，是把藍色經濟往縱深推進了。海洋經濟不僅僅是海洋科技和海洋養殖那一部分，還包括海洋運輸、進出口貿易，這樣您既可以延續呂書記原有的經濟發展戰略，又提出了有自己新意的東西。」

傅華最後這句話正說到了鄧子峰的心坎上了，能夠不用與呂紀的發展戰略衝突，又能有自己的創意和發展，可謂是十分完美的計劃。

鄧子峰興奮地看著傅華說：「傅華啊，你還是別幹這個駐京辦主任了，來省政府吧，我保證不出幾年，你一定能夠做到曲煒現在的位置。」

傅華笑說：「鄧叔，我覺得我還是作一個旁觀者比較好，這樣我的看法可以更客觀一點。」

傅華沒有答應鄧子峰，最主要的因素是，如果他去了省政府，他就成了依託鄧子峰的人了，別人便會以他是鄧子峰的人馬這副有色眼鏡看他。

有了金達帶來的經驗和教訓，傅華非常清楚這種有色眼光帶來的常常是負面的效果，傅華不想再被打上是某人人馬的烙印了。

鄧子峰仍不死心地遊說道：「以你的頭腦，做駐京辦主任真是屈才了，你真的不想有機會一展所長嗎？」

傅華笑笑說：「比我有才能的人多得是，難道他們都能一展所長嗎？鄧叔，您別再提要我去省政府的事了好嗎？」

鄧子峰遺憾的說：「人各有志，我就不勉強你了。不過，你剛才說的只是一個框架，你心中應該有如何把這個框架細化的思路吧？」

傅華說：「有是有一點了，不過還沒形成一個完整的架構。初步我認爲可以在黃金海岸線中選取一個中心城市，在這個地方投資建立大型的保稅區，以此爲依託，帶動整個區域的發展。」

鄧子峰想了想說：「這有點欠妥當吧，東海省沿海已經有一個國家級的保稅區了，再建一家有點太密了，會影響另一個保稅區的發展的。」

傅華知道東海省有一個城市已經建有國家級的保稅區了，當初海川申請建立國家級保稅區，就是被那個城市干擾才沒有被批准。此刻他舊事重提，並不是想重蹈覆轍，而是另有想法。

如果僅僅是在海川市的角度上看，再建一家保稅區的確有點不合適。但是放大到東海省的角度上來看，則又是另外一種不同的態勢了。

傅華便看著鄧子峰說：「鄧叔，您跟我是私下見面，不用拿官方態度來對我吧？」

鄧子峰愣了一下，不解地說：「什麼官方態度啊，什麼意思啊？」

傅華一語道破說：「難道省裏真的擔心已有的那個保稅區會受影響嗎？我看未必吧，說不定省裏還樂見他們受影響呢。」

鄧子峰笑了，說：「傅華，你對東海的形勢還真是瞭解啊。」

鄧子峰接著說：「省裏是可以支持在東海省再建立一個新的保稅區，不過想要國家發改委同意，恐怕還是很難。我倒是覺得可以考慮建設一個省級的保稅區。但是省級的話，資金上就有些困難了。」

傅華說：「資金的問題我倒認爲不是很大，可以引進外資。據我所知，新加坡的雄獅集團就有意在東海省投資。」

鄧子峰聽了說：「新加坡的雄獅集團？那可是一家實力雄厚的公司啊。就是他們邀你過去工作的？」

傅華點點頭說：「對啊。他們公司的業務範圍原本都在東南亞及歐美一帶。最近他們在中國設立了分公司，想把業務拓展到日韓等東北亞地區。」

鄧子峰笑罵說：「你這傢伙，這麼好的事你怎麼不早說啊？是不是想把它留著給你們海川市啊？」

傅華笑笑說：「我倒是很想，不過目前雄獅集團還沒有確定選擇哪一個城市作爲他們踏足東海省的基點。」

傅華之所以這麼說，是因爲這樣主動權就在自己手裏。海川市如果想要雄獅集團落戶的話，就會求上門來。那樣不但彰顯了他的實力，還能讓雄獅集團達成他們想要跟外貿集團合作的願望。

鄧子峰吩咐傅華說：「這件事很重要，你要充分重視起來，也不要局限於海川市這一個地方。回頭你把雄獅集團在中國的代表帶到省裏去，我要見見他們，討論一下要如何來安排這件事情。」

傅華心裏笑了，事情都按照他預想的步驟在進行著，序幕已經拉開，他要引導海川市的領導們唱一齣大戲了。

早上一上班，呂紀就接到鄧子峰的電話，鄧子峰說他有兩件事要跟呂紀彙報，問呂紀有沒有時間？呂紀就讓鄧子峰過來。

過了一會兒，鄧子峰敲門走了進來，說道：「書記早啊。」

呂紀笑笑說：「你也不晚啊，老鄧。找我有什麼事啊？」

鄧子峰說：「是這樣子，我這次去北京開會，順便跟部委的同志接觸了一下，討論了一下關於東海經濟發展戰略思路的問題，很受到啓發，就有一些想法，想跟您彙報一下。」

呂紀忍不住看了鄧子峰一眼，你這麼快就想推倒我原來的發展思路，另闢新徑啦？我還在位置上呢，你是不是也太急了點啊？

呂紀心中雖然不滿，卻也不好直接表現出來，就說：「彙報我可當不起，大家互相討論吧。老鄧，你想到了什麼新的發展思路？快說來聽聽，我很急著聽呢。」

鄧子峰說：「其實也不是什麼新東西了。呂書記，您不知道，部委同志對您當年提出來的藍色經濟都是大加讚賞，說很有前瞻性，是有國際眼光的大戰略。」

鄧子峰一上來就稱讚他，讓呂紀有點意外，你是想先肯定再否定吧？想拿這個來糊弄我啊，我可不吃你這套。便說：「老鄧，你就不要再給我戴這種高帽了，趕緊說你究竟想到了什麼。」

鄧子峰笑笑說：「我是受到您的藍色經濟啓發，才有這個思路的。二十一世紀是海洋經濟的世紀。我覺得我不需要再想什麼新的思路，只要把您的海洋經濟戰略加以深化，往縱深推進，就是一條很好的思路。」

呂紀聽鄧子峰這麼說，心裏多少舒服了一點，顯見鄧子峰提出來的經濟發展思路，不會離藍色經濟範疇太遠，便笑笑說：「願聞其詳。」

鄧子峰走到東海省地圖前，用手比劃了一下，說：

「呂書記，您看這裏，我們東海有一個遼闊的海岸線，在這條海岸線的對面，就是東北亞的日本和韓國，我們完全可以利用這種地理上的優勢，將東海打造成出口貿易的黃金海岸，把這裏建成輻射東北亞的國際貿易中心區。這樣就可以把您的藍色經濟發展戰略落實到實踐中，讓藍色經濟戰略更加深化，更加具體。」

聽到這裏，呂紀大概明白了鄧子峰的意思，鄧子峰是想從藍色經濟當中取出一部分，然後加以強化，變成他自己的東西。

對此，呂紀不得不佩服鄧子峰的高明。藍色經濟是他提出來的，鄧子峰加以強化，等於是延續了他的政策，但同時又衍生出他自己的東西，使得這個黃金海岸、東北亞國際貿易中心區的概念成了他提出的新概念。

呂紀自然不好提什麼反對的意見，藍色經濟是他的想法，否定鄧子峰，就等於是否定了他自己，於是他笑笑說：「老鄧，你這個思路很好，很有創建性啊。」

鄧子峰笑笑說：「呂書記您這麼說，讓我很不好意思，這完全是從您的思路引申出來的，版權可是在您那兒；要說創建性，也是您有創建性啊。您是開路者，我不過是跟著走罷了。」

要是以往，呂紀會覺得鄧子峰這是在拍他的馬屁，但是現在他已經知道鄧子峰在劉善偉和莫克間設計好圈套，再聽到這些奉承話，就覺得鄧子峰話中帶有諷刺的意味。

呂紀雖然有些彆扭，不過他沒有表現出來，只是說：「老鄧啊，可不要這麼說，你的思路對藍色經濟是一種發展，很新穎，自然是有你的創建性的。」

鄧子峰便說：「那您認爲我這個思路可行？」

呂紀點點頭，說：「當然可行的啦。」

鄧子峰笑笑說：「那我就把這個想法跟搞政策研究的那幫秀才們說說，讓他們先搞出一份報告來，然後我們再來討論吧。」

呂紀說：「對對，讓他們先搞出報告來，我們再來研究好了。咦，老鄧，你不是說有兩件事嗎，另外一件事是什麼？」

鄧子峰說：「另外一件事跟這個也能扯上一點關係。您知道新加坡的雄獅集團吧？」

呂紀立即說：「赫赫有名的公司啊，是做轉口貿易的，我怎麼會不知道呢？」

鄧子峰說：「這家公司現在在中國設立了分公司，他們有意想要踏足東海，並以此爲基點，擴展他們的進出口貿易到東北亞一帶。」

呂紀聽了說：「哦，是這樣啊。老鄧，這是好事啊，這不正符合你的經濟發展思路嗎？」

鄧子峰點點頭說：「是啊，我已經通過管道向雄獅集團發出了邀請，請他們來東海訪問，想跟他們討論一下在東海省設立轉口貿易基地的事。」

呂紀對此很感興趣，便說：「這個的確很值得探討，能把雄獅集團引來是一件很值得高興的事。如果他們真想落戶東海，我們應該做一些配合的工作。」

鄧子峰高興地說：「書記，我們想到一起去了。我覺得雄獅集團落戶東海對我們是一個很好的發展契機。雄獅集團在做進出口貿易方面經驗豐富，我們正好可以借他們的東風，帶動整個黃金海岸線進出口貿易的發展，從而實現打造東北亞國際貿易中心區的設想。」

呂紀說：「嗯。我們不妨想的大一點，以雄獅集團的進入爲契機，向發改委申請設立國家級保稅區，進一步推動東海進出口貿易的發展。」

鄧子峰故作爲難地說：「這個恐怕有難度，我們已經有一個國家級的保稅區了，發改委不一定會支持這個設想。」

呂紀眉頭皺了一下，這也是令他頭痛的一個問題，這個市一直妄想從東海省獨立出去，不斷找中央部委運作，但東海省並不想看到他們獨立。他們一旦獨立，將會很大程度地削弱東海省的整體實力。

因此呂紀說：「不要去管他們，我們該爭取就要爭取，回頭我跟發改委的領導溝通一下，看看發改委能不能支持我們。如果發改委不支持，我們就以省名義來搞。我覺得這對東海經濟發展是好事，我們應該這麼去做的。」

鄧子峰附和說：「我也覺得應該這麼做，同時也可以制約一下那個市，讓他們不要老是那麼自以爲是。」

呂紀笑笑說：「是啊。誒，老鄧，你有沒有想過這家公司來東海的話，基地設在哪一個城市比較好啊？」

鄧子峰回說：「我個人傾向海川市。海川市有東海省最好的港口，又處於黃金海岸線很關鍵的位置，設在海川市，輻射的範圍可以更廣泛一點。」

鄧子峰提出海川，一方面確實是因爲海川地理位置優越，另一方面也是因爲海川市的一二把手都是呂紀的嫡系人馬，把基地設在海川，可以得到呂紀更大的支持。

果然，呂紀點點頭說：「老鄧啊，我們又想到了一起去了。」

鄧子峰卻面有難色地說：「不過，現在有個問題。我們想把基地設在海川，但人家雄獅集團會不會也這麼想，可就很難說了。」

呂紀說：「這個回頭我會跟金達說，讓他做些準備，儘量把雄獅集團吸引到海川市落戶。」

鄧子峰趕忙說：「這樣是最好不過了。」

呂紀說：「老鄧，那我們就一起努力，儘量把這件事促成吧。」

鄧子峰笑笑說：「行，我一定盡力。」

鄧子峰離開了，呂紀在背後看著他，暗自沉思著。呂紀對剛才鄧子峰講的這些，心裏是贊同的，不過他的贊同自是有他的考慮。

呂紀現在對莫克越來越失望，已經準備要換掉莫克了，只要出現恰當的時機，呂紀就要拿掉莫克市委書記的職務。

但是拿掉莫克的市委書記職務後，一個新的問題就產生了，就是讓誰來接替莫克這個位置的問題。

呂紀是傾向讓金達接任。但是莫克接任市委書記後，把海川市的工作弄得一塌糊塗，金達在這段時間跟莫克亦步亦趨，亦是毫無作爲。呂紀如果真的想要讓金達接任市委書記，估計反對的意見不會少；這時候，呂紀就需要給金達找一個能拿得出手的理由來。

鄧子峰這時候提出的雄獅集團想在東海省選址設立基地的事，雖然是鄧子峰想爲自己打造政績的一招，但是他們如果真的選擇落戶海川，未嘗不可以作爲金達的新政績。這是一個互相都有好處的事情，呂紀自然是樂見其成。

另一方面，呂紀心中還有一個隱藏的想法，如果雄獅集團能夠順利落戶海川的話，也許爲了海川的穩定，短時期之內，鄧子峰就不會揭穿莫克在雲泰公路項目上的受賄行爲。這樣呂紀就可以贏得更多的時間，更好地去處理莫克了。

呂紀希望可以搶在莫克受賄一事爆發前，就先把莫克從海川市委書記的位置上拿下來。但是又不能讓外界感到很突兀，要讓人感覺他這麼做是有理由的，而不是他私下知道了莫克有什麼不法的行徑。

想到這裏，呂紀從抽屜裏拿出一份文件來，這份文件雖然出自秘書之手，但是呂紀可是費了不少的心思加以潤色過。其中最大的重點，就是強調在公路施工建設中的反腐倡廉問題，呂紀準備在後天去海川視察雲泰公路項目的時候，做這個講話；順便告訴金達，雄獅集團想要落戶東海的事，讓他想辦法把雄獅集團給吸引到海川去。

呂紀按照預定的時間出現在雲泰公路的施工現場，他身後跟著大隊人馬，包括他從省裏帶來的隨行人員、海川市來迎接他的官員，以及承建單位的負責人。劉善偉也在這幫人之中。

當介紹到劉善偉的時候，呂紀特別注意了他一下。

呂紀跟劉善偉握了握手，說：「劉總，感謝你們中鐵五局這樣的中字頭大公司來我們東海省支持公路建設啊，你們來了，我對海川市能夠建設好雲泰公路就有信心了。」

劉善偉也笑笑說：「感謝呂書記對我們中鐵五局的信任，請您放心，我們一定保質保量的把雲泰公路項目給建設好的。」

看過施工現場之後，一行人便去了公路建設指揮小組的駐地。在會議室裏，呂紀講了話，首先肯定了前期工作進展順利，做出不少成績，然後話鋒一轉，轉到了反腐倡廉上面。

他在講這些的時候，眼睛的餘光掃過莫克和劉善偉的臉，看兩人一副漠然的表情，完全沒發現他的話是針對他們的，心中暗自搖了搖頭。

講完話，呂紀拒絕了莫克和劉善偉留他吃飯的邀請。

莫克對呂紀不肯留下來吃飯有點失落，明明已經臨近中午，呂紀偏要趕下一個行程，而他今天講的話又是以什麼反腐倡廉爲主題，有心人一聽就知道他是別有所指。更別說是克這個做了虧心事的人了。

而他表情漠然，其實是裝出來的，心裏卻是在打鼓，他弄不清楚呂紀專門跑來講這番話是要敲打他呢，還是有別的意圖。但他看得出來，呂紀今天根本就沒要支持他的意思。

一行人送呂紀上車，呂紀上車後，把金達叫進了車裏，跟金達講雄獅集團想要在東海投資的消息。要金達做好準備，儘量爭取把雄獅集團引進海川來。

金達很清楚雄獅集團的實力，自然對此很感興趣，立即說他一定會做好準備工作，確保將雄獅集團引進到海川來落戶的。

北京，傅華的病房裏。

傅華做完復健治療回到病房，拿出手機打給謝紫閔。

「謝總裁，你真不夠意思啊，打完賭就不見人影了。這麼久也不再來看看我。」

謝紫閔對傅華這個電話感覺有些突兀，笑說：「怎麼了，傅先生，我怎麼突然這麼受你待見了？」

傅華開玩笑的說：「我一個人在病房裏很悶啊，想找人聊一下天，你如果沒什麼事的話，能不能過來陪陪我啊？」

謝紫閔遲疑了一下，說：「傅先生，我怎麼覺得你今天怪怪的啊？是不是你妻子不在身邊，你的心理有點無法調適啊？」

其實傅華打這個電話只是想當面跟謝紫閔講雄獅集團投資海川的事，他已經布下局去了，現在估計東海省政府已經開始發酵了，所以傅華想當面跟謝紫閔好好談一談相關事宜，沒想到謝紫閔卻因爲他的玩笑話產生了誤會，以爲傅華對她有別的意思。

傅華便正色說：「謝總裁，你誤會了，我沒別的意思，我只是想跟你談一下雄獅集團跟海川合作的事。你方便移駕過來一趟嗎？」

謝紫閔這才笑說：「原來是這樣啊，你等等，我馬上就過去。」

半個小時後，謝紫閔便出現在傅華病房裏，她對傅華說：「不好意思，剛才誤會你了。」

傅華搖搖頭說：「是我不好，是我開的玩笑不恰當。坐吧。」

謝紫閔就坐了下來，說：「傅先生，你說要跟我談合作的事，你把我們雄獅集團的想法跟你們市裏面彙報了？」

傅華搖了搖頭，說：「沒有。」

謝紫閔不解地說：「傅先生，你這是什麼意思啊，你沒跟海川市彙報這件事，那你叫我來幹什麼？拿我尋開心嗎？還是這件事，你自己就可以做主了？」

傅華賣著關子說：「你先別急，我不會拿這件事情當兒戲的。」

謝紫閔納悶說：「既然這樣，那你今天叫我來幹什麼啊？」

傅華看了看謝紫閔，說：「謝總裁，我請你來，是想問一下，不知道我們的賭約是不是仍然有效？」

謝紫閔愣了一下，隨即說：「當然是有效啦，不然我跑來幹什麼?!」

傅華說：「那就是說，這件事是你輸給我了，對不對？」

謝紫閔更是奇怪了，有些不耐地說：「你老跟我強調這個幹什麼啊，跟你說了，我不會賴賬的。傅先生，我的時間很寶貴，不想跟你耗在這種無聊的遊戲上面，你如果沒別的事情，我可要走了。」

傅華笑笑說：「你能不能有點耐心啊？一個女人這麼沒耐性，可不是件好事啊。」

謝紫閔苦笑了一下，說：「傅先生，你不要拿你們公家機關的拖拉作風來對待我，我真是受不了你這一點。時間很寶貴，你浪費我的時間，就等於是在謀殺我的生命。」

傅華笑了起來，說：「誰說我在浪費你的時間了，我只是想確定一些事情。」

謝紫閔抱怨說：「可是你費了半天的口舌，也沒跟我談什麼實質性的事啊？你這還不是在浪費我的時間？」

傅華說：「你能不能有點耐心聽我說完啊？」

謝紫閔無奈地攤了攤手說：「那好，你說吧，希望你能說出讓我信服的話來。」

傅華說：「我跟你強調賭約，是想確定一點，那就是這件事是我贏來的，要怎麼做，我希望由我來主導。」

「由你來主導？」謝紫閔疑惑的看著傅華，說：「傅先生，你這麼說是什麼意思啊，你不會想藉一個賭約來算計我們雄獅集團吧？」

傅華不高興的說：「謝總裁，我還沒把你的賭約看得那麼重，我想，你也不會因爲一個賭約就把雄獅集團的利益都搭上去的。你耐心的聽我說完，我要強調的是，在啓動合作方面，你要聽從我的安排，這個可以嗎？」

謝紫閔懷疑地看了看傅華，說：「你不會在這裏面有什麼圈套吧？」

傅華笑了，說：「我能有什麼圈套啊，再說，你這麼精明，我就是有圈套也瞞不住你，你擔心什麼啊？」

謝紫閔還是一臉疑惑，說：「那你說，你究竟想怎麼做？」

傅華說：「反正對你們雄獅集團不會有害的，我只不過是想借你們的東風用一下而已。你先答應我，讓我來主導，我馬上就跟你說我要怎麼做。」

謝紫閔聽了，笑說：「你是想利用我們在駐京辦重新樹立起自己的威信是吧？你早說嘛，早說我不早答應了嗎？」

傅華笑笑說：「那我就當你是答應了。你聽我說，我是這麼打算的，你先不要去接觸海川市的相關部門，如果海川市有關部門來接觸你們，你也不要一下子就表現的十分有興趣。」

謝紫閔笑說：「傅先生，你如果是想要藉這個凸顯你的作用，我倒是可以幫你；不過，我是覺得實在沒有必要。」

從謝紫閔的神情裏，傅華看出她似乎對他這麼做有點不屑，大概謝紫閔覺得他是爲了個人的利益損害到大團體的利益了。

傅華便說：「謝總裁，我是在下一盤大棋，並不是純爲我個人著想。這盤棋，你們雄獅集團不但不會受什麼損害，反而會大大的受益。」

謝紫閔嚴肅地說：「傅先生，我不知道你究竟想下什麼樣的大棋，我只知道，如果你的做法掌控不好的話，一不小心就可能把我們雄獅集團要跟外貿集團合作的計畫給毀掉的。也許你身爲官員，習慣了這麼意氣用事，但我作爲生意人，對你這種做法卻有點不敢苟同。不過，我既然賭輸了，也只能任你擺佈啦。但是我要告訴你，我很不喜歡這種公私不分的做法。」

傅華也態度嚴肅地說：「謝總裁，你不要說得這麼好聽，大家都是聰明人，誰都知道這裏面是怎麼一回事。恐怕你不僅僅是因爲賭約吧，你是擔心這件事需要我這個駐京辦主任從中作仲介，一旦你跟我反目的話，對這件事的合作就會更加的不利，對吧？」

謝紫閔絲毫不畏懼的看了傅華一眼，說：「是的，傅先生，你說的很對，我就是那麼想的。你要知道，你這種做法等於是把我們雄獅集團置於一個很尷尬的境地，讓我們得隨你起舞。你給我的印象好像不是這種人啊？怎麼了，老婆跑了，你受的刺激太深了是嗎？」

傅華不禁說：「看來我在你心目中的地位下降了很多啊。」

謝紫閔點點頭說：「是啊，我覺得我不再尊重你了。這次爲了賭約也好，或是因爲你在其中的作用也好，我還是會幫你這個忙，但是以後我們恐怕不會再合作了。」

傅華笑說：「謝總裁的意思，不會是不想再跟我傅某人做朋友了吧？」

謝紫閔點點頭，說：「我很尊重趙凱先生，原本以爲趙先生介紹的人不會太差，想不到你居然是這樣一個人，虧我還費了很多心思想要挖你到雄獅集團去，現在看來，幸虧你沒答應，不然的話，我真不知道該拿你這種公私不分的人怎麼辦呢。你老那麼看著我幹嘛，你不高興我也是要這麼說，你們這些官員還真是沒品啊。」

傅華一直看著謝紫閔說個不停，忍不住問說：「謝總裁，你在新加坡做事就是這麼急性子嗎？」

謝紫閔眼睛一瞪，不高興地說：「你別給我扯這個，我是說你這件事做得不對，關我性子急不急什麼屁事啊。」

傅華笑說：「誒，你說粗口了，這可一點都不像淑女了。」

謝紫閔冷笑一聲，說：「淑不淑女關你什麼事啊，我又沒想嫁給你。」

傅華搖搖頭說：「行，那是不關我事，但是，你訓了我半天，這個總關我的事了吧？你能讓我這個沒品的人爲自己辯解幾句嗎？」

謝紫閔看傅華一副好整以暇的樣子，有點意外，她是很聰明的人，傅華這個樣子似乎是有什麼殺手鐧沒拿出來的樣子。不過，她不相信傅華還能玩出什麼新花樣來，就冷笑一聲說：「行，你說吧，我可告訴你啊，別想拿你們官員那一套來糊弄我。」

傅華笑說：「行，我不糊弄你。跟你這麼說吧，如果我現在拿雄獅集團想要跟外貿集團合作的建議去找海川市的領導們彙報的話，因爲外貿集團是個不錯的盈利單位，海川市並沒有急於要跟你們合作的理由，所以這個建議很可能會被領導們頂回來；就算他們接受了，心裏也不會很積極的，你們的合作還是不會太順暢。我這麼說，你不會不同意吧？」

謝紫閔想了想說：「嗯，這個倒是沒有錯。可是我們不去跟海川市接觸，又怎麼能跟外貿集團合作呢？這個是必需要走的第一步啊。」

傅華笑說：「誰說這是必須要走的第一步啊？」

謝紫閔反問道：「那你還有別的辦法嗎？我可想不出來還有什麼別的路可走。」

傅華說：「那是你的視野太窄了，沒看到而已。」

謝紫閔瞪了傅華一眼，她是很自信的人，自然很不高興聽到傅華貶低她。

傅華絲毫不畏懼她的眼神，說：「你別那麼看我，我說的是事實。本來我覺得你是個很精明的人，看事情應該很有遠見的。但今天看來，你的目光短淺得很，難怪你被派來中國後，工作一直拓展不起來。原來是眼光問題啊。」

傅華這是故意在嘲諷謝紫閔，剛才謝紫閔批評他，讓他感覺有些氣憤，便借機貶低謝紫閔，以報一箭之仇。

「你！」謝紫閔果然被氣到了，柳眉一豎，想還擊傅華，卻看到傅華一臉笑意地看著她，便瞅了傅華一眼，說：「我知道你是因爲被我說得惱羞成怒了，想要口頭上找點便宜讓我生氣，哼，我才不上你的當呢。你繼續說下去吧，如果你只是給自己找口頭便宜，說不出什麼有遠見的話來，你可別怪我把賭約給作廢了。」

傅華有心想逗一下謝紫閔，便笑笑說：「那我要是說出有遠見的話來呢？」

謝紫閔看了傅華一眼，急躁地說：「那我就仍舊履行賭約就是了。行了，我沒心思聽你扯這些沒有用的，扯了半天，我也沒聽你說出什麼有用的話來。你到底磨蹭完沒，趕緊說正題吧，再不說，我可要走了。」

傅華笑說：「我真是敗給你的急性子了。好吧，我告訴你我究竟想要做什麼。我是想把你們雄獅集團引薦給東海省政府。東海省政府現在有一個建設黃金海岸、打造東北亞國際貿易中心區的想法。這和你們某些概念剛好不謀而合，我想你們雙方一定可以有許多合作要談的。」

謝紫閔這下子是真的被傅華的話震住了，她沒想到傅華不讓她跟海川市接觸，居然是爲了向更高層級的政府單位推薦他們。

傅華看謝紫閔發愣的表情，笑著說：「謝總裁，不知道我這個想法算不算是很有遠見啊？」

謝紫閔尷尬的說：「原來是這樣啊，你怎麼不早說？」

傅華笑笑說：「我是想早點說的，可是被某人的大義凜然給訓得灰頭土臉的，根本沒機會說啊。」

謝紫閔失笑說：「好啦，我給你賠不是就是了。對不起，傅先生，您大人不計小人過，宰相肚裏能撐船，放過我這一馬行嗎？」

傅華笑說：「我敢不行嗎？不行的話，又會被人罵小雞肚腸了。」

謝紫閔不禁埋怨說：「傅先生，我總是女人耶，你能不能展現一下紳士風度，對我溫柔一點啊？」

「溫柔？」傅華被逗得撲哧一聲笑了出來，說道：「我又不想娶你，對你溫柔個屁啊。」

謝紫閔抗議說：「誒，你也爆粗口啊，剛才還說我呢，怎麼你自己都不注意啊？」

傅華笑笑說：「一報還一報，你一句我一句，算是扯平了吧。」

謝紫閔說：「這還差不多。誒，你真的有能力將我們引薦給東海省政府嗎？」

傅華不禁虧說：「有對你們有利的地方，你就不說我公私不分了。謝總裁，原來你的道德尺度也這麼低啊？」

謝紫閔笑說：「行了吧，剛才你還說扯平了呢。快說！你究竟要怎麼去跟東海省政府引薦我們呢？你認識省政府哪一級的官員啊？他夠不夠層級主導這件事啊？」

傅華看著謝紫閔，說：「小姐，你一下子問這麼多問題，我該回答哪一個啊？」

謝紫閔沒好氣的說：「快說吧，我真是被你急死了。」

傅華搖搖頭，說：「行，我說就是了。我認識東海省政府的省長，這個層級你覺得夠了吧？」

謝紫閔不敢置信地說：「省長？夠了夠了，你趕緊把我們介紹給他吧。」

傅華說：「不用趕緊，我已經跟他提過你們了。他的意思是，等我傷養好了，就讓我帶你們去東海省見他，他將會親自接見你們。」

傅華注意到謝紫閔帶著疑問的眼神看著他，便說道：「我跟你說，你可不要爲了這個催我出院啊！我現在還沒想好什麼時候出院呢。」

謝紫閔忍不住說：「傅先生，你究竟準備逃避到什麼時候啊？其實我上次來，就看出你的傷已經恢復的差不多了。」

傅華臉上的笑容一下子凝固住了，惱火的瞪著謝紫閔說：「謝總裁，我們之間的關係還沒熟到你可以窺探我內心的程度。我住院，是因爲我還需要繼續復健治療，跟你所說的逃避可沒什麼關係。」

謝紫閔沒想到傅華會一下子變臉，可能這句話真的刺痛傅華了，便趕忙道歉說：「對不起，傅先生，我的意思是……」

傅華打斷謝紫閔的話，冷冷地說：「行了，你不要講了，我有點累了，想休息，你先請回吧。至於東海省的事，你如果著急的話，就沒必要等我傷養好，我可以通過電話安排你們見面的。」

謝紫閔理虧地說：「不需要了，還是等你養好傷我們再來處理吧。你累的話，就請先休息吧。剛才的話，你千萬別往心裏去。我走了。」

傅華沒說話，謝紫閔有點無趣的離開了。

病房中又再次剩下傅華自己一個人。他不禁捫心自問道：

「我這是怎麼了？爲什麼會這麼在意謝紫閔說的話呢？難道我不想出院，真的是在逃避嗎？」

認真想想，他的確是很享受住院的時光，不需要去考慮駐京辦瑣碎的事務，也不用去面對空蕩蕩的家，更不用擔心別人在這時候來整他，生活過得好像真的很愜意。一旦出院，他就不能這麼自在了。

這時候他才發現他內心其實很脆弱的，原來他樂在其中的養傷生活，其實是在逃避現實。什麼時候，他居然害怕起面對現實了呢？

送走呂紀後，金達回到市政府，馬上就把孫守義找了來。

孫守義一進門就說：「市長，我怎麼聽說呂紀書記在施工現場還特別講了反腐倡廉的問題，他這是意有所指吧？」

金達笑說：「消息傳得這麼快啊？」

孫守義說：「呂紀書記特別提到反腐倡廉，本來就很讓人詫異，自然會引起很多人的注意了。市長，呂紀書記是不是在指某些人啊？」

金達也知道呂紀今天的講話是意有所指，指向也很明顯，就是在說莫克。他感覺呂紀說那些話充滿了敲打莫克的意味，大概是呂紀現在暫時無法處理莫克，只好先警告他一下，讓莫克的行爲有所收斂，不要再犯更大的錯誤。

金達便笑笑說：「我們別去管呂紀書記講這番話是指誰了，反正不是指我們就好。老孫啊，我叫你來，是有別的事要跟你商量。你知道新加坡的雄獅集團吧？」

孫守義點點頭，說：「知道啊，這是很有名的一家公司。」

金達說：「剛才呂紀書記走之前，跟我說雄獅集團想要在東海投資，要我做好準備工作，爭取能把雄獅集團吸引到海川來。」

孫守義聽了說：「呂紀書記對我們海川的工作還真是支持啊。」

金達說：「是啊，所以我們就更不能辜負他對我們的期望了。老孫啊，我們要著手瞭解一下雄獅集團在中國的動向，好做好因應的工作。」

孫守義說：「這個我多少知道一些，前些日子，雄獅集團在北京設立了中國分公司，傅華還參加了他們的開業典禮呢。」

金達詫異地說：「哦，這麼說駐京辦早就和雄獅集團有所接觸了？」

孫守義不以為意地說：「應該吧，要不要我問一下傅華？」

金達阻止說：「不要什麼事都要去問傅華，他不是還在住院嗎？別妨礙他養傷，問問駐京辦其他同志好了。」

金達不讓孫守義去問傅華，表面上的理由是傅華還在住院，好像是在愛護傅華的表現，實際上是他心中還在惱火傅華對他的冷淡，也就不想事事都去問傅華，讓傅華越發覺得他有多重要。

孫守義沒有察覺到金達對傅華的不滿，就說：「行，那我問問羅雨吧。」

金達又交代說：「讓羅雨把雄獅集團在北京的情形多搜集一些，跟市裏做下彙報。可能的話，讓駐京辦的人適當的跟雄獅集團的人接觸一下。」

孫守義就把金達的意思跟羅雨說，羅雨聽了之後，有點爲難的說：

「孫副市長，雄獅集團的開業典禮是他們的中國區總裁親自來邀請傅主任的，也是傅主任自己去參加開業典禮，駐京辦其他人跟雄獅集團都沒什麼接觸。要瞭解情況或者跟他們接觸，恐怕得找傅主任才行。」

孫守義愣了一下，說：「是這樣啊，不過，金市長的意思是最好不要去打攪傅主任，他還在住院，不要妨礙他養傷。小羅，你主持駐京辦的工作也有些時日了，這種事應該能處理吧？既然他們的總裁親自來邀請傅主任參加開業典禮，說明她對海川駐京辦是熟悉的，你登門拜訪他們一下，應該不會吃閉門羹的。」

羅雨笑說：「這倒是不會，行，我找個時間去見見雄獅集團的人。」

孫守義又提醒說：「市裏對這件事很重視，你儘快抓緊去辦吧。」

第八章

兩大巨頭

連鄧子峰和呂紀這兩大巨頭都參與了進來，這個戲的場面真是越做越大了，
傅華有點擔心他的能力是否能掌控得了這個局面。
然而事情走到這一步，他已經無法回頭了，也只能硬著頭皮把戲給唱完。

轉天，傅華正在做復健，謝紫閔打電話來。

傅華接通了，先就歉意的說：「不好意思，謝總裁，那天我有點失態了。」

謝紫閔不以爲意地說：「不怪你，我也不該那麼說的。誒，傅先生，跟你說一下，你們駐京辦有個副主任叫做羅雨的，今天來雄獅拜訪我。」

傅華笑說：「哦，他還真去了，都說些什麼了？」

謝紫閔說：「他是打著你的旗號來的，說是聽說雄獅集團準備在東海省投資，既然我跟你很熟，希望我能優先考慮去海川看看。」

「那你怎麼回答他的？」傅華問。

「我跟他說，我們雄獅目前暫時沒有想投資海川的打算，這點我早就跟你們的傅主任講過了，怎麼你還會來啊？是不是來之前沒跟你們傅主任通過氣啊？結果把你們的這位羅主任鬧了個大紅臉，灰溜溜的走了。怎麼樣，我說的還可以吧？」謝紫閔回說。

傅華笑了起來，說：「你這麼說挺好的。」

謝紫閔又小心翼翼的問：「傅先生，海川現在找上門來了，事情再拖延下去，似乎就有些不合適了。你能不能告訴我，你準備什麼時候出院啊？」

傅華笑說：「好了，謝總裁，你再給我兩天時間好嗎？兩天後我一定出院。出院後，我就馬上幫你約見東海省長鄧子峰，這下你滿意了吧？」

傅華說兩天時間，是考慮到羅雨在謝紫閔那裏碰了釘子，一定會把情況彙報給海川市的領導，兩天的時間，領導們應該對此有所反應了。

傅華相信在兩天之內，一定會有人打電話找他談這件事的。那時候，他便可以以要幫助海川市爭取雄獅集團投資的名義出院了。

海川市，金達辦公室。

孫守義找了過來，向金達報告說：

「市長，小羅剛才跟我彙報，說他跟雄獅集團的總裁接觸過了，那位總裁說他們目前暫時沒有要在海川投資的打算，而且已經跟傅華說過了。看這個意思，傅華好像早就知道雄獅集團想在東海投資的事，並且跟他們討論過在海川投資的可能性了。市長，你看是不是還是跟傅華談一談，也許他知道更多的情形呢。」

羅雨碰了釘子，本來孫守義是可以直接去問傅華是怎麼回事的，但是金達事先交代過，不要去打攪傅華，孫守義如果越過金達，直接跟傅華聯繫，他擔心金達會不高興，所以先來請示金達。

金達眉頭皺了一下，說：「非要找傅華不可嗎？」

孫守義對金達的反應有點意外，金達的樣子顯然是不願意去找傅華的意思，難道金達對傅華有了什麼看法？

孫守義回說：「看起來是這樣，除非我們不去爭取這次的機會。」

不去爭取機會顯然不行，呂紀已經特別交代金達要盡力爭取了，如果不努力爭取，就這麼放棄，呂紀那邊，金達也交代不過去。

金達心中就有些煩躁，不高興的說：「可是傅華還在住院啊，這個小羅就沒辦法再爭取一下嗎？」

孫守義說：「恐怕不行吧，人家根本就不搭理羅雨，你讓他怎麼去爭取啊？再說，這件事目前還沒傳開，一旦傳開，恐怕我們的周邊城市都不會放過這麼好的機會的，所以我們不但要盡力爭取，還要趁早，晚了怕就沒我們什麼事了。」

金達自然也分得清輕重緩急，他也不想因爲傅華的原故而毀了這次爭取雄獅集團投資的機會。不過他還是有些鬱悶，就搖搖頭說：

「這個小羅，真是扶不起來的阿斗，這麼點事都辦不好，別說能承擔什麼重任了。哎，現在還是爭取雄獅集團投資要緊，也顧不得傅華的身體了。老孫，你問一下傅華，看看他能不能早點出院，好幫市裏面爭取雄獅集團的投資啊。」

孫守義看金達一副勉強的樣子，心中越發相信金達和傅華之間一定是產生了什麼隔閡。他也不去點破，只是點點頭說：「行，我問一下他，估計他也該出院了。」

傅華看到孫守義的電話號碼時，遲疑了一下，接通了電話。

「孫副市長，找我什麼事啊？」

孫守義說：「傅華，你的身體恢復得怎麼樣了？」

傅華回說：「還可以，沒什麼大礙了。」

孫守義聽了說：「那就別在醫院待著了，趕緊出院吧，市裏還有事要你去做呢。你前段時間不是跟新加坡的雄獅集團走得很近嗎？現在有件關於雄獅集團的事需要你出馬。」

傅華停頓了一會兒，才說：「副市長，您是說雄獅集團在東海投資的事吧？」

孫守義說：「是啊，呂紀書記告訴金市長，說雄獅集團想來東海投資，羅雨為此專門去拜訪了雄獅中國的總裁，結果碰了個釘子。」

傅華故意責備說：「哎呀，這個小羅，怎麼這麼辦事啊？他去拜訪前怎麼也不跟我說一聲呢？這樣他就不用白跑那一趟了。」

孫守義解釋說：「傅華，這個你不要去怪小羅，是我讓他不跟你說的。金市長說你還在養傷，不想打攪你，所以就沒跟你說了。」

傅華笑說：「想不到金市長還這麼關心我的身體啊。」

孫守義沒去理會傅華話中的嘲諷意味，目前重要的是如何爭取雄獅集團來海川落戶投資，便說：「傅華啊，說了半天，你還沒告訴我你跟雄獅集團有什麼瓜葛呢？聽說你還去參加了他們的開業典禮，看來你跟他們的關係不錯，怎麼小羅打著你的旗號去卻碰了個大釘子呢？」

傅華回說：「那是他們只知其一不知其二，您知道我是怎麼跟雄獅集團熟悉的嗎？是他們想來挖角，我們才熟起來的。他們想要投資東海的事，就是那時說出來的。這是他們進入中國的計畫之一，當時我跟他們提到海川的投資環境十分優越，如果他們想要進入東海省的話，可以拿海川市作爲一個進入的據點。沒想到卻被他們給拒絕了。」

孫守義詫異地說：「雄獅集團爲什麼會拒絕？難道他們對海川有什麼看法嗎？」

傅華說：「這倒不是，他們的意思是，目前他們還在考察的階段，海川只是他們的選項之一，而非唯一考量，他們想多看一些地方，才能確定哪個城市是最適合他們的需求。」

孫守義聽了說：「也就是說，海川並不是沒有機會了？」

傅華說：「應該是這個意思吧。這幫傢伙精明的很，懂得貨比三家。」

孫守義笑了，說：「這也很正常，他們不精明，生意也做不大啊。傅華，這件事你還是不能放棄，必須爲我們海川市盡力爭取。你知不知道他們最近有什麼新的動向啊？」

傅華說：「我當然不會放棄了，這件事我仍然在想辦法爭取。爲了讓他們更信賴我，我還把他們介紹給鄧省長。我的想法是，既然他們想看看東海省的情況，索性就讓省長帶他們看好了。同時，也讓他們看看我們海川市的實力，省長我都可以請得動，還有什麼辦不到的？！他們在選擇的時候，一定會考量這一點的。」

孫守義愣了一下，說：「傅華，你跟鄧省長這麼熟？」

傅華笑說：「也說不上熟，不過，我們之間確實有不少的溝通管道。」

孫守義不禁點了點頭。曲煒跟傅華關係相當好，透過他，傅華自然也很容易和鄧子峰建立溝通管道。而傅華提起鄧子峰那種隨意的態度，就好像是提起自家長輩一樣，似乎在暗示他跟鄧子峰的關係不是僅靠曲煒連繫那麼簡單。

孫守義感覺這件事似乎不僅僅是爭取雄獅集團投資那麼簡單，這裏面還包含了呂紀和鄧子峰兩大省級領導的因素在其中，要處理好這件事，必須要十分謹慎。

眼下東海的局勢，鄧子峰和呂紀的關係十分微妙，他們之間既有鬥爭，又有合作，錯綜複雜。這兩大勢力，孫守義都得罪不得，稍有不慎，很可能會搭上他的政治前途的。

孫守義心中浮現了一個疑問，傅華在這件事中究竟扮演了一個什麼樣的角色呢？

之前，孫守義覺得他很瞭解傅華，他認爲傅華是個有個性、有原則、有才能的人，現在蹦出傅華跟鄧子峰往來密切的事，那傅華可是得到了目前東海政壇上最強勢的兩大人物的支持，這裏面蘊含的訊息十分耐人尋味，也很可怕，讓孫守義深深覺得以前他似乎把傅華看得太簡單了，他需要重新定位傅華在他心中的地位，對傅華更加籠絡一些才行。

孫守義便說：「傅華，看來你雖然人在住院，卻還是爲市裏做了不少工作啊，辛苦你了。」

傅華說：「副市長您別這麼說，我不過是打幾個電話而已，舉手之勞，辛苦什麼啊。再說，結果會如何，完全取決於雄獅集團的決定，我並沒有什麼把握，到時候雄獅集團如果還在別的城市，你可別來埋怨我啊？」

孫守義笑了笑說：「怎麼會，只要你盡力爭取了，失敗就是天意了。誒，雄獅集團準備什麼時候去見鄧省長啊？」

傅華說：「時間還沒決定，鄧省長的意思是想讓我帶他們過去，可是我的傷還沒完全好，事情就拖了下來。」

孫守義不能確定是否真的是鄧子峰要傅華帶雄獅集團過去的，但孫守義也不想去深究，便說：「傅華，那你的身體究竟恢復得怎麼樣了？」

傅華說：「差不多了吧，我準備這一兩天就出院了。」

孫守義聽了說：「既然這樣，那還是早點出院。醫藥費你不要自己出了，市裏這點醫藥費還出得起，你趕緊出院，帶雄獅集團來海川落戶才是最重要的。傅華，金市長對這件事很重視，他是很希望能將雄獅集團拉到海川來的。時間定下來後，跟我說一聲，我好請示金市長，看到時候他要不要跟我一起去齊州見見雄獅集團的人。」

傅華說：「行，我會儘快安排，安排好了，我會及時跟您彙報的。」

孫守義掛了傅華的電話後，就去金達的辦公室找金達，向他彙報情形。

孫守義說：「市長，我向傅華瞭解了一下雄獅集團，據傅華所說，情況跟我們原來預想的有些差距。」

金達詫異地說：「有什麼不同啊？難道雄獅集團不願意在海川投資？」

孫守義說：「也不是雄獅集團不願意來海川，而是他們想要再看看別的地方，再決定在哪裡投資。」

金達聽了說：「這些外商真是滑頭啊，那傅華是怎麼應對呢？」

孫守義說：「市長，您一定不會想到傅華做了什麼。」

金達疑惑的說：「老孫，傅華究竟做了什麼啊？」

孫守義說：「他把雄獅集團的人引薦給了鄧省長。」

「什麼？」金達果然十分驚訝。

孫守義說：「是的，鄧省長對雄獅集團要在東海省投資也很感興趣。您也知道，雄獅集團是有這個實力的。」

金達的臉看上去陰晴不定，說：「雄獅集團是有實力不假，可是傅華這麼做是想幹什麼啊？」

孫守義解釋說：「傅華的意思是，既然雄獅集團想貨比三家，那他索性就把省長引薦給他們，從而展現一下海川的實力，讓雄獅集團選擇海川。」

金達冷笑一聲說：「老孫啊，這樣的話你也信？展現海川的實力，恐怕是展現他傅華的實力吧?!」

孫守義感覺金達有點失態了，不管怎麼說，就算明知傅華這麼做不好，做領導的也不該這麼說，這等於把做領導嫉妒下屬比自己出色的心情展露無遺。

孫守義看了金達一眼，沒說什麼。

金達碰觸到孫守義的眼神，意識到自己有些失態，馬上掩飾的乾笑一下說：

「傅華真是越來越能幹了，居然跟省長都搭上線了。老孫啊，你知道他是什麼時候跟鄧省長熟悉的？」

孫守義心說我怎麼知道，我聽到這件事時也很意外啊。孫守義回說：

「市長，他們怎麼熟悉的我也不知道，但是可以確定的是，傅華是有能力安排雄獅集團跟鄧省長會面的。我覺得現在最重要的，還是怎麼去爭取雄獅集團的投資，所以我跟傅華講，確定會面時間後，讓他跟市裏面彙報一下，我們好派人去跟雄獅集團的人接觸，把海川的情況跟雄獅集團的人介紹介紹。」

金達頭腦冷靜下來，孫守義說得不錯，現在最重要的是要爭取雄獅集團的投資，而非去對傅華有什麼不滿。雖然他對傅華不聲不響地安排鄧子峰和雄獅集團的會面很不滿，傅華連請示市裏面都沒請示就這樣做，分明是沒把他這個市長放在眼中，這傢伙是不是覺得跟省長搭上線就很了不起了啊？

金達點點頭說：「老孫，你這麼安排是對的。」

孫守義便問：「市長，您看到時候是您去還是我去跟他們接觸啊？」

金達想了想說：「還是我去吧，這樣也顯得我們海川市有誠意一些。」

金達同意出馬，孫守義心裏鬆了口氣，他很擔心金達會因爲不滿傅華，而拒絕去見雄獅集團。如果金達不去的話，他這個常務副市長出面沒什麼分量。東海省的省長都已經出面了，到了海川市這一層級，市長卻不出面，雄獅集團不用想也知道海川市沒誠意了。

金達又交代說：「老孫，我們也要多準備一些資料，呂紀書記既然把這個消息透露給我們，我們再不做好一點，可交代不過去。」

孫守義拍拍胸脯說：「這您放心，我一定會做好相關的準備工作的。」

傅華結束跟孫守義的通話之後，把電話打給了謝紫閔。

「你何時方便？我好安排你去見鄧省長。」

謝紫閔說：「傅先生，這件事我跟公司總部彙報了，我們董事會主席對這件事十分重視，他準備過來參加這次會面。如果安排見面的話，能不能多預留一天時間，好讓我們董事會主席能有時間趕過來呢？」

傅華笑說：「謝總裁，原來你的分量還不夠啊。」

謝紫閔承認說：「確實是啊，我這個中國區總裁跟你們的省長身分不對等，我如果代表集團出面，對你們省長是很不禮貌的。這是一種商業上的禮節，也代表雄獅集團對中國市場的重視。」

傅華聽了說：「行，我會把情況跟鄧省長彙報一下，我想他會對你們董事會主席的到來表示十分歡迎的。」

謝紫閔說：「那就麻煩你了，傅先生。」

傅華說：「麻煩什麼，這也是對我有利的事啊。」

謝紫閔笑笑說：「不管怎麼說，我心裏還是十分感謝你。你這次是幫了我大忙了，原本公司對我來中國後，業務一直沒什麼進展很不滿意，這次的安排，一下子讓公司對我另眼相看了。」

傅華說：「這些客氣的話就先不要說了，你就等我消息吧。」

結束跟謝紫閔的通話，傅華辦理了出院手續。

回到家中，傅華看到家裏到處蒙上了一層灰塵，心情不免有些低落。

趙婷看傅華心情不好，便說：「傅華，要不你搬到爸爸那裏去吧，那裏有保姆，能好好照顧你的。」

傅華感激地說：「小婷，你不用擔心，我能照顧好自己的。」

趙婷也不再勸了，說：「隨便你了，你知道爸爸那裏始終是歡迎你的。」

在家裏休息了一天後，傅華正式回到駐京辦上班。

羅雨特別把他的辦公室打掃得很乾淨，還在桌上擺了一束鮮花，表示歡迎他回來。傅華環視了一下辦公室，那種熟悉的氛圍又回來了。

羅雨報告說：「早上孫副市長還打電話來問我您來沒來上班呢，他急著想知道雄獅集團那邊的進展。」

傅華點點頭說：「我知道了。我會跟孫副市長去個電話的。」

傅華就拿起電話打給孫守義，說：「副市長，按照您的吩咐，我出院上班了。」

孫守義問：「怎麼樣，還適應嗎？」

傅華笑笑說：「還是住院的時候好啊，一回來就要開始忙活了。」

孫守義說：「醫院是清閒，可你也不能老住在那裏吧？行了，既然出院了，就打起精神，趕緊把駐京辦的工作給收拾起來。」

傅華開玩笑抱怨道：「你們這些領導真是沒人性啊，為了工作就不顧我們這些小兵的死活了。」

孫守義明顯感到現在的傅華似乎比出事前更有自信了，以前傅華很少在領導面前隨便開玩笑，總是嚴守分寸，現在卻這麼自如的在他這個頂頭上司前開玩笑，難道這次的出事，讓傅華受到了什麼刺激？還是因為有鄧子峰和雄獅集團在背後撐腰，所以他的底氣不同，便輕狂了起來？

孫守義正色說：「行啦，別貧嘴了，趕緊跟我說雄獅集團跟鄧子峰見面的事吧。」

傅華說：「這件事，現在有了一點變化，雄獅集團的董事會主席想要親自跟鄧省長會面，我準備一會兒跟鄧省長彙報一下這個情況。」

孫守義聽了說：「雄獅集團的董事會主席要來，說明他們對這件事也很重視。」

傅華回說：「重視是重視，不過也增加了我們爭取他們投資海川的難度。我跟他們的董事會主席並沒接觸過，他是個什麼樣的人我不知道，這個工作恐怕不好做。」

孫守義說：「是啊，恐怕我們的準備工作要做的更詳盡一些才行。好了，你也不要有什麼顧慮，事已至此，只有悶著頭繼續前行了。你不是要跟鄧省長彙報嗎？趕緊彙報吧。」

傅華說：「行，我馬上跟鄧省長聯繫。」

孫守義又說：「定好日子就趕緊跟我說，金市長說他要去齊州見雄獅集團的人。你定下日子，他也好做行程安排。」

傅華對金達要去齊州見雄獅集團的人並沒有什麼特別的反應，一如平常地說：「那行，我安排好了就通知您。」

齊州，省長辦公室。

鄧子峰接到傅華的電話，傅華把他已經出院的情況跟鄧子峰說了，並告訴鄧子峰，雄獅集團的董事會主席要親自從新加坡趕過來參與會見。

鄧子峰高興的說：「那真是太好了，你幫我轉告雄獅集團，說我很歡迎他們董事會主席的蒞臨，很期待跟他的會面。」

傅華說：「那您什麼時間可以空出來，我好安排跟他們的會面。」

鄧子峰就跟秘書落實了一下行程，最後敲定六天後有時間來接待雄獅集團的董事會主席。

傅華說：「行，我就這麼通知對方了。」

傅華就把鄧子峰定好的日期通知謝紫閔，謝紫閔隨即跟公司確認了一下，雙方把日子敲定了下來，傅華也回報了孫守義，各自為此做著準備。

傅華也沒閒著，雄獅集團的董事會主席要來，那他面對的便不再是謝紫閔，他不敢大意，以免萬一有什麼差錯，那他前面所做的一切工作就等於是白費了。

就在傅華忙碌地做著準備的時候，接到了曲煒的電話。

曲煒開口就問道：「傅華，我怎麼看到鄧省長這次準備會見雄獅集團董事會主席的名單上有你的名字，這是怎麼回事啊？」

傅華說：「雄獅集團是我引薦給鄧省長的，所以鄧省長希望我也參加這次的會見。」

曲煒疑惑的說：「是你介紹雄獅集團給鄧省長的？」

傅華說：「是啊，雄獅集團想要在東海投資，他們的中國區總裁找到了我，談及這個想法，上次鄧省長來看我的時候，閒聊中，我就順口跟他說了這件事，鄧省長很感興趣，讓我一定把他們帶去東海。」

曲煒有點不太相信事情如此單純，質疑說：「就這麼簡單？」

傅華說：「對啊，就這麼簡單。」

曲煒問：「那鄧省長最近提出來的建設黃金海岸、打造東北亞國際貿易中心區的概念，是不是你給他的建議啊？」

傅華趕忙否認說：「我哪有那個能力啊？是在聊天中鄧省長說起這件事，我給了他一些參考的意見而已。」

傅華這麼說，倒不是他要故意欺騙曲煒，而是他現在並不清楚鄧子峰會如何來運用這個建設黃金海岸、打造東北亞國際貿易中心區的概念，更不清楚鄧子峰會不會把這個概念變成自己的東西。

如果鄧子峰在公開場合說這個概念是他自己發想的，傅華卻跟曲煒說是他的概念，顯然並不合適。但是傅華也不好全盤否認這個概念與他無關，為了保險起見，傅華只能含糊以對，這樣將來不論發生什麼狀況，他都好解釋的過去。

曲煒說：「原來是這樣啊。」

傅華說：「市長，您問這些幹什麼啊？」

曲煒笑笑說：「沒什麼，就是我看到你的名字有點意外，想瞭解一下這件事而已，沒別的。」

傅華卻覺得事情不是那麼簡單，曲煒會追問這件事，一定是為了呂紀，估計呂紀也想瞭解相關的情況吧？

看來事情越來越複雜了，大戲剛剛拉開序幕，各方勢力就開始紛紛登臺表演了。先是孫守義，接著是金達，現在曲煒和呂紀也來了。

傅華感覺有些沉重，連鄧子峰和呂紀這兩大巨頭都參與了進來，這個戲的場面真是越做越大了，傅華有點擔心他的能力是否能掌控得了這個局面。一旦局面失控，那他要面對的，將會是一個慘重的下場。

然而事情走到這一步，他已經無法回頭了，也只能硬著頭皮把戲給唱完。

臨近會面的前一天，傅華接到謝紫閔的電話，謝紫閔在電話裏說他們的董事會主席已經到北京了，想要見見他，不知道他有沒有空。

傅華當然不會拒絕雄獅集團董事會主席見面的邀請，這種國際大公司的董事會主席可不是隨便就能見到的，很多人想見都見不上呢。此外，他也很想見見這位大老闆，接觸一下，看看能不能在跟鄧子峰見面前就敲定雄獅集團跟海川的合作，便說：

「雄獅集團的大老闆要見我，我當然有空，就算沒空也得有空啊。」

謝紫閔笑說：「傅先生，我可警告你啊，我們主席可是個很嚴肅的人，不能隨便開玩笑的，要是不小心惹惱了他，我可是幫不了你的。」

傅華說：「明白，那我去什麼地方拜訪他呢？」

謝紫閔說：「中午在柏悅的『主席台』，我已經訂了位子。」

「主席台」是一家十分高檔的餐廳，全部採用包廂的方式，沒有散座，每間包廂裝潢風格各異，來此用餐的客人能夠享受像國家主席一般的待遇，是一個十分適合招待大老闆的地方。

傅華笑笑說：「你還真是會挑地方啊，行，我中午過去。」

中午，傅華依約來到謝紫閔訂好的包廂，謝紫閔和董事會主席已經在裏面等著他了。

雄獅集團的董事會主席已經七十多歲了，但是看上去年紀並不大，眼睛炯炯有神，臉龐跟謝紫閔有點相似，頭髮花白，個子很高，估計謝紫閔的高挑就是遺傳了家族的這種高個基因了。

傅華趕忙上前抱歉地說：「不好意思，我來晚了。」

董事會主席和善地說：「不要急著道歉，是我和紫閔來早了，你比約定的時間還早到了十分鐘呢。」

傅華說：「可是讓您等我，總是不好意思。」

董事會主席卻說：「年輕人，不要這麼說，你的時間跟我的時間是一樣寶貴的，你沒有理由非要比我早到。」

謝紫閔在一旁說：「是啊，傅先生，來，我給你介紹，這位是我們雄獅集團的董事會主席謝旭東先生，也是我的大伯父。伯父，這位就是我跟你說的海川市駐京辦主任傅華先生，就是他安排了這次跟鄧省長的見面。」

謝旭東跟傅華握了握手，說：「傅先生真是年輕有爲啊。」

謝旭東的手很柔軟，態度也很謙和，傅華暗嘆真不愧是大老闆，一點架子都沒有；不像國內一些有了點小錢的老闆完全是一副暴發戶的嘴臉。

傅華趕忙說：「主席您太誇獎我了，您在我這個年紀就已經富甲一方了，跟您比起來，我根本就不值一提的。」

謝旭東瞅了傅華一眼，笑說：「看來傅先生已經對我做過功課了。」

傅華說：「是啊，說實話，您這次親自過來，讓我感到壓力很大，生怕給您留下不好的印象，所以不得不緊急惡補您的資料。」

謝旭東開玩笑說：「我可看不出你真的害怕啊。」

傅華機靈地回答說：「見到您本人，看到您這麼親切，我所有的害怕都不知道跑哪裡去了。」

謝旭東看了看謝紫閔，說：「紫閔，你說得對，這位傅先生確實是很有意思的一個人。通常他們這個年紀的人見到我，我就是再謙和，他們也不會這麼放鬆的。」

謝紫閔說：「伯父，我跟你說過了，傅先生這個人對一些社會上很看重的東西並不在意。在意的話，恐怕他也不會留在駐京辦做一個小小的主任了。」

傅華聽了，自嘲說：「小小的主任，看來我這個職位還真是不值一提呢。」

謝旭東搖搖頭說：「傅先生，你千萬不要妄自菲薄，職務的大小其實並不重要，重要的是你能在這個位置上發揮多大的作用。你剛才說，我在你這個年紀已經富甲一方了，但那時候我的影響力還很低，也僅限於我的公司。不像你，可以調動一個省長和一家國際性的大公司來爲你的政治目的服務。」

傅華有些尷尬的看了看一旁的謝紫閔，謝紫閔扁了一下嘴，說：「你不用看我，我伯父要親自過來，我自然必須把所有的情況都跟他彙報。」

謝旭東說：「傅先生，你不要覺得我揭了你的底牌，到我這個年紀，已經不想把時間耽誤在一些不必要的客套上了。」

傅華笑笑說：「您現在心中一定在說這傢伙真是卑鄙吧？」

謝旭東搖了搖頭，說：「你怎麼會這麼認爲呢，難不成你覺得我這麼大一把年紀，還會跟你講一些沒有用的道德仁義之類的屁話嗎？我活了七十多年，見過太多的風風雨雨，也受過你想都想不到的齷齪，對這個社會可以說是看得很透了。知道這個社會真正行得通的並不是什麼仁義道德。所以當一個人在我面前大講什麼仁義道德時，我的第一反應是：這傢伙一定是個虛僞的人；另外就是這傢伙是想從我這裡騙點什麼去吧？」

傅華被他的話逗笑了，說：「想不到您還這麼有意思啊。」

謝旭東說：「不是有意思，而是看事通透而已。仁義道德不是不能講，而是等你像我一樣老了，也功成名就了，那就可以大講特講了，算是爲這個社會道德教育盡一份力吧。」

傅華笑了，說：「您真是客氣了，我知道您帶領的雄獅集團，每年在慈善事業中可是貢獻很大的。」

謝旭東笑笑說：「好了，傅先生，你就不用再來吹捧我了，吹捧對我來說沒用的，我這雙老眼看的是你的實力，而非你馬屁拍得好。這次不管你是出於什麼目的，雄獅集團實際上都是受益的。紫閔這丫頭因爲你的幫助，也總算在中國有了一個好的開始。感謝的話我就不說了，請你放心，我們雄獅集團會配合好你這一次的運作的。」

謝旭東是在表態他會支持傅華的行動，這讓傅華放心了，不用擔心謝旭東會拋棄海川，另選合作方，於是說：「那我就謝謝主席了。」

謝旭東說：「你先別急著謝我，我也是有條件的。」

傅華愣了一下，說：「什麼條件啊？主席，我可是有言在先，我這個小小的駐京辦主任，可付不出什麼高昂的對價。」

謝旭東笑了，說：「咦，我條件還沒開出來呢，你就想著要怎麼推諉了。」

傅華笑說：「我也要量力而行嘛。」

謝旭東說：「放心吧，我不會讓你爲難的。」

傅華說：「那您的條件是？」

謝旭東誠懇地說：「如果這次我們雙方真的合作成功，我希望你能在允許的範圍內，多幫幫紫閔這個丫頭。說實話，紫閔對中國還很陌生，欠缺在這邊做事的經驗，請傅先生你多帶一帶她，好嗎？」

傅華趕忙說：「說帶我可不敢，只能說互相多交流吧。其實您的擔心多餘了，就我跟謝總裁接觸這段時間來看，她可是精明過人的。現在雄獅集團在中國還沒做出什麼成績來，只是因為她還不熟悉這邊的情況，我相信等她熟悉了，一定會交出一份亮眼的成績單的。」

謝旭東聽了很高興，說：「傅先生，您可真是會說話啊。其實我最不放心的就是這一點，紫閔太精明外露了，根本就無法做到像傅先生這麼內斂。嶢嶢者易折，皎皎者易汙，人太過於精明外露，尤其是一個女人，很多時候是很難把事情給做好的。」

謝紫閔看了謝旭東一眼，不高興的說：「伯父，女人怎麼了？女人就不能成功了嗎？我跟你說，有人統計過，國際上很多大公司的領導者都是女人。」

謝旭東笑了，說：「我不是對女人有偏見，而是覺得女人有時候就要有女人的樣子，不要像男人一樣處處爭強好勝。你要知道，溫柔反而是女人更容易把事情做成功的武器。」

這時，菜肴陸續上來了，先上來的是一道涼菜茉莉花茶燻鮭魚。魚用鹽醃過，再把糖和茶加熱，魚肉呈現淺紅褐色，茉莉花茶香渲染出一層芬芳，鮭魚則是肉質細嫩，沒有絲毫腥味。

謝旭東看菜來了，就停止教訓謝紫閔，轉頭問傅華說：「傅先生，喝點什麼酒？」

傅華說：「還是您決定吧。」

謝旭東說：「既然先上來的是魚，那就來點白葡萄酒好了。」白葡萄酒味甜，配上魚肉有提鮮的效果，謝旭東的選擇十分搭配，於是就開了一瓶白葡萄酒。

謝旭東端起酒杯，說：「來，傅先生，我們先喝一杯吧，很高興能認識你。」

傅華說：「您是商界的老前輩，認識您也是我的榮幸。」

謝旭東笑說：「別叫我老前輩，我很老嗎？」

傅華趕忙說：「不老，您一點都不老。」

兩人就碰了一下杯，各自抿了一口。

吃了會兒菜後，謝旭東問道：「傅先生，就我看你這次運作我們公司跟鄧省長見面的事，我覺得你是一個格局很大的人，為什麼會待在駐京辦這個小地方啊。換個舞臺，也許會成就更大的。」

傅華隱約感覺謝旭東有邀請他加盟的意思，就背了一段莊子的古文出來：

「民濕寢則腰疾偏死，鰌然乎哉？木處則惴慄恂懼，猨猴然乎哉？三者孰知正處？民食芻豢，麋鹿食薦，蝍且甘帶，鴟鴉耆鼠，四者孰知正味？……自我觀之，仁義之端，是非之塗，樊然淆亂，吾惡能知其辯！」

這是莊子《齊物論》上的一段話，簡單地說，就是人都有他自己適應的東西，沒有什麼是應該、什麼是不應該的。

謝紫閔不禁挖苦說：「你的意思就是人各有志罷了，需要費這麼多唇舌嗎？是不是這樣顯得你特別有學問啊，傅先生？」

傅華被說得不好意思起來，幸好這時又上了一道菜，謝旭東立即招呼說：「來，吃菜。」

上的是義大利火腿煎鱈魚柳，配穿心蓮沙拉，來自法國的銀鱈魚切成方形，捲裹著一圈半透明煎烤到酥脆的義大利火腿，再配上法式醬汁，色香味俱全。

謝旭東吃了一口，讚不絕口地說：「紫閔，你選的這地方還真是不錯，食物很美味啊。」

謝紫閔笑說：「那當然，我選的東西向來是不差的。」

接下來，謝旭東又跟傅華聊了些東海的風土人情，三人說說笑笑，加上食物很是美味，這一餐吃得十分愉快。

第九章

非分之想

謝紫閔看著傅華有點孤單的背影，有些心疼他的故作堅強，
讓她很想立刻把他抱在懷裏，好好撫慰他一番。
她發現自己竟然有一點心動的感覺。這可不行啊，這個男人已經有家室了！
謝紫閔警告著自己，不該有非分之想。

結束後，傅華回到駐京辦。剛到辦公室，就接到謝紫閔打來的電話。

謝紫閔感謝地說：「傅先生，今天謝謝你了，幫我撐了不少的場面，讓我在我伯父面前很有面子。」

傅華說：「不用客氣，你當我那是幫你啊，其實那是在幫我自己，只有你得到你伯父的信任，我們才能有合作的機會啊。」

謝紫閔忍不住說：「你這個人啊，明明不是這麼回事，偏偏想要把自己說得這麼不堪，好像你有多卑鄙似的。其實你那點卑鄙都是裝出來的，讓人一眼就看穿了。」

傅華笑說：「看來我離壞蛋還是有點距離，連裝都裝不像。」

謝紫閔聽了也笑說：「確實是，我伯父一眼就看穿你了，他說你這個人，骨子裏其實很高傲，雖然把自己說得好像很卑鄙，卻是一個很值得信賴的人。還說我能找到你這樣一個合作夥伴，是我有眼光，他相信我們這一次的合作，一定會很愉快的。」

傅華高興地說：「那就借他老人家的吉言了，預祝我們合作成功吧。」

謝紫閔也高興地說：「合作成功。」

第二天，傅華陪同謝紫閔和謝旭東飛往齊州。

到了齊州之後，由曲煒代表省政府在機場迎接，一行人下榻在東海大酒店，曲煒已經安排好房間，便讓謝旭東和謝紫閔先休息一下，下午，鄧子峰會跟謝旭東見面。

安置好謝旭東和謝紫閔，曲煒就離開了。

臨上車的時候，曲煒回頭看了看傅華，問道：「你跟著雄獅集團跑前跑後的，也是爲了爭取他們的投資能落到海川吧？怎麼樣，海川究竟有沒有戲啊？」

傅華回說：「市長，這個由不得我做主的。」

曲煒笑笑說：「就憑你的精明勁，你會跟著白跑腿？一定是有點把握了，對吧？」

傅華不好意思說：「把握是有一點，但是他們還是要先看看才決定的。我現在只能盡力爭取了。」

曲煒點點頭說：「希望你能爭取成功，這次呂紀書記也很希望雄獅集團能把投資放到海川去的。」

傅華說：「這我知道，海川市領導已經跟我講過呂書記很重視這件事了。市長，您放心好了，我會盡力爭取的。咦，您不是要轉任市委秘書長了嗎？任命什麼時候公佈啊？」

曲煒說：「這件事還在運作，過幾天，我可能會跟呂書記跑一趟北京，好把這事給落實一下。你現在別的不要管，雄獅集團的事你一定要搞好，千萬別出什麼岔子，知道嗎？」

傅華說：「我盡力就是了。」

曲煒上車離開了，傅華也回到自己的房間，他先撥了個電話給孫守義，告訴孫守義他已經到齊州了。孫守義說他和金達晚上就會到齊州來，看看傅華能不能安排雄獅集團的董事局主席跟他們見個面。

傅華就打到謝紫閔的房間，問謝紫閔是不是在休息，說他想過去有點事商量。謝紫閔回說：「我在看資料呢，你過來吧。」

傅華就去了謝紫閔的房間，一進門，傅華愣了一下，謝紫閔已經換掉早上穿的套裝，換上一身睡衣。

雖然睡衣把謝紫閔的胴體包得很嚴實，但是一個女人穿著睡衣，不禁平添了幾分嫵媚，給人的感覺總有點小曖昧。

傅華便說：「你是不是想休息，卻被我打攪了？」

謝紫閔笑說：「你是看到我穿著睡衣吧？我是想放鬆一下。剛換上睡衣，你就打電話來了，我就懶得再換了，你要是介意的話，我再換上別的衣服好了。」

傅華趕緊說：「沒關係，你隨意就好。」

謝紫閔又問：「找我有事啊？」

傅華說：「我想問一下謝主席的行程安排，我們市長今晚就會趕來齊州，所以想看看主席能不能安排個時間見見他。」

謝紫閔聽了，說：「這肯定是要的。我們中意的就是海川的外貿集團公司，自然不會給海川市的領導們釘子碰的。我伯父已經預留了時間，準備見見你們海川市的市長了。」

這些商人其實也都是人精，早就將算盤打好了。傅華便笑笑說：「那就太好了，回頭我們敲定一下見面的時間。」

謝紫閔說：「你來決定就好了，我伯父說了，這次我們雄獅集團會全力配合你的行動的。」

傅華點頭說：「我知道了，這次真是謝謝你們對我的支持了。」

謝紫閔說：「不要這麼客氣，我們也算是互取所需。誒，你累不累啊，這次裏裏外外都是你在運作，累壞了吧？」

傅華忍不住說：「你就別來譏諷我了，我現在的頭一個有兩個大，現在參與進來的勢力比我原來想的要多得多，搞得我壓力很大，我真是有點後悔把事情搞這麼大了。」

謝紫閔安慰他說：「你不搞這麼大，不但幫不了你自己，我們雄獅集團的事恐怕也無法解決。你也不要壓力太大了，我會從旁協助你，盡力把這件事情辦圓滿的。你先回房去休息一下吧，你剛出院，身體恐怕吃不消。」

傅華點點頭說：「這倒是，那我回房間了。」

傅華就往門口走去，開門的時候，謝紫閔又在後面說道：

「傅先生，你不要把自己搞得太累了，你現在已經表現的很好了，換成別的男人，如果遭遇到妻子離家，事業上又不被上司理解這種雙重打擊，可能早就崩潰了。你不但支撐下來，還運作出這麼一盤大棋，我只能說你真的是很優秀。」

傅華身體頓了一下，眼淚差一點流了下來，這段時間他的確是承受了很多壓力，然而他心中的委屈無法向外人傾訴，只能硬撐著。謝紫閔這番話說到他的心底裏去了，觸碰到他最脆弱的那塊，讓他大爲感動。

如果讓謝紫閔看到他這個樣子，再說上幾句安慰的話，那他一定會撐不住，在謝紫閔面前崩潰的。他克制住自己的情緒，力求鎮定的說了句「謝謝」，走出了謝紫閔的房間。

謝紫閔在後面看著傅華有點孤單的背影，不禁產生一絲憐惜的感覺，有些心疼他的故作堅強，讓她很想立刻把他抱在懷裏，好好撫慰他一番。

她發現自己竟然有一點心動的感覺。這可不行啊，這個男人已經有家室了！謝紫閔警告著自己，不該有非分之想。

另一方面，她也覺得自己有點可笑。她一向眼高於頂，她見過太多有權力地位、金錢財富的男人，這些人都比傅華強得太多，她都沒有動心過，實在沒有理由爲了這個小小的駐京辦主任動心的。

下午三點，在海川大酒店的會議廳裏，鄧子峰會見了雄獅集團謝旭東一行人。

經過短暫的休息，謝旭東和謝紫閔看上去都精神飽滿。鄧子峰首先對謝旭東的到來表示了感謝，謝旭東也表示對鄧子峰的熱情接待很感謝，他感受到鄧子峰對他們雄獅集團的重視。

接下來，鄧子峰就介紹東海省未來的經濟發展戰略，也十分歡迎雄獅集團來東海省投資。謝旭東則表示雄獅集團近年來也有大力發展東北亞國際貿易的思路。現在聽到鄧省長表示願意大力協助雄獅集團在東海省投資發展，讓他更感覺雄獅集團來中國、來東海省是來對了。

傅華並不是第一次見識到這種省長和商界鉅子之間的交流，十分佩服這些高官和商界鉅子們在這種大場面上，說話的分寸掌握得十分的到位。他們之間說話的默契程度之高，不知道的人還會以爲他們事先對過講稿呢。

主題和場面話講過後，下面的談話就很簡短了，這種高層級的會見，時間都掐算得很緊，也不會說太多的廢話。鄧子峰和謝旭東閒聊幾句之後，會見就到了尾聲。

鄧子峰笑笑說：「謝主席，如果您最後確定在東海省投資，我們東海省的官員們在合理的範圍內都會盡力配合的。我們剛才交換了名片，遇到什麼麻煩，您可以直接跟我反映，我一定會幫您解決。或者您找小傅，他也會把您的意思轉達給我的。」

整個會議室的眼光都隨著鄧子峰的話聚焦在傅華身上，傅華被這些關愛的眼神壓得不禁低下了頭來。

偏偏謝旭東也愛湊趣，他接著鄧子峰的話道：「鄧省長，您既然提到小傅，請允許我多嘴稱讚一下這個年輕人，我感覺這個年輕人真是一個有頭腦，有才能，又有做事原則的好官員。東海省能有這樣優秀的官員，未來一定會發展得更爲美好的。」

這次眾人看過來的眼光包含了更多不可言喻的意味，傅華臉都紅了，恨不得找個地洞鑽下去。

會談結束後，鄧子峰不得不跟謝旭東道別，說他還有下一個行程要趕去參加，晚上他會設宴宴請謝旭東一行人，到時候見面再聊吧。鄧子峰就先離開了，謝旭東也回了房間。

謝紫閔看時間離晚宴還早，就對傅華說：「我不想回房間，太悶了，傅先生，你是地主，這附近有什麼好玩的，帶我去轉一下吧？」

傅華聽了，建議說：「齊州的月湖還不錯，要不我們去轉一下？」

謝紫閔點點頭說：「行啊，這地方你熟，就聽你的。」

兩人就去了月湖湖畔，湖邊的空氣很清新，兩人就在湖邊的涼亭裏坐了下來。

傅華看著大片的湖水，波光遴遴，配上湖邊的垂柳，真有點物我兩忘的感覺。

坐了一會兒，謝紫閔說：「傅先生，沒想到今天最風光的居然是你吧？我伯父當那麼多人面誇你的時候，我看你的臉都紅了。」

傅華靦腆地說：「長這麼大，我還是第一次被人這麼誇過，當然有點不好意思了。」

謝紫閔笑說：「我伯父也很少這麼誇人的，那一刻我都有點嫉妒你了。你知道嗎，我伯父從來沒這麼誇過我呢。不過，你也不用不好意思，今天這麼大的場面都是你一手操作出來的，你確實值得我伯父誇獎。」

傅華難爲情地說：「什麼值得誇獎啊，陰謀詭計而已。」

謝紫閔搖搖頭說：「什麼陰謀詭計啊，我可不這麼認爲，這只是一種做事的手法而已，而且並沒有刻意的去害到誰。傅先生，你知道你爲什麼活得這麼累嗎？就是你因爲老是這麼苛求自己。如果你不是老把自己放到道德層面上去審視，你會輕鬆很多的。這大概就是你最失敗的地方了，你心中老是有一種罪惡感。誒，你是男人耶，像個男人一點行嗎？事情要麼不做，既然做了，就不要老在心裏拿什麼道德標準折騰自己。」

傅華不免失笑說：「謝總裁，你老是這麼不給人留情面嗎？」

謝紫閔反問道：「我如果給你留情面，你心裏會好受些嗎？」

傅華愣了一下，想了想，搖搖頭說：「這倒不會。」

謝紫閔說：「既然不會，那還不如我幫你說破，讓你知道你活得不快樂的根源在哪裡，也許說破了，你就能把心結解決掉呢。」

傅華聽了，聳聳肩說：「也許你說得對，要麼不做，既然做了，就不要再想東想西的。」

謝紫閔說：「對啊，這樣事情可能會做得更順暢更成功的。你們市長的事，我問過我伯父了，他說明天上午可以見你們市長。回頭你跟你們市長說一聲吧。」

傅華趕忙說：「謝謝了。」

謝紫閔笑說：「客氣什麼。你看！事情不是一件一件慢慢的解決了嗎？你的那些擔心根本就是多餘的。」

傅華搖搖頭說：「其實是你不懂官場，在中國的官場上，一切都是以服務好領導爲最高原則，連領導的椅子坐得舒不舒服，視線好不好，都是大事。」

謝紫閔頗不以爲然地說：「你說的這些，我還真是不懂，我只是覺得你們這樣也太累了，什麼都要看領導的臉色。」

傅華無奈地說：「那也沒辦法啊，大家都是這個樣子的。你不看領導的臉色，領導就會給你臉色看，到時候就會吃不了兜著走了。」

謝紫閔反駁說：「那傅先生，你今天安排我們集團這件事又算是怎麼一回事呢？你這麼做，可不是看領導臉色，根本就是給領導臉色看吧？」

傅華開玩笑說：「我是看過那些領導的臉色了，所以才想看看能不能利用手頭的資源讓領導看看我的臉色。」

謝紫閔聽了說：「你這可是在玩火啊。」

傅華說：「我也知道我這是在玩火，所以我才會這麼小心，因爲我知道一旦事情敗露，我將萬劫不復。」

謝紫閔笑說：「沒那麼嚴重吧？就算敗露了，大不了也就是丟官罷職而已。我看你不像很在乎你的官位的樣子啊。」

傅華嘆說：「我是不在乎這個位子，但是我這個人是個矛盾體，我最矛盾的就在於我已經適應了駐京辦主任這個環境，有了惰性，不想做什麼改變，所以我對這個位子是既不在乎又在乎。」

謝紫閔不禁說道：「你怎麼會這樣子呢？你才多大年紀啊，就有了惰性？」

傅華笑說：「這也是官場的一種通病吧。習慣做官的人，再讓他去做別的，他可能什麼都不會做了。」

謝紫閔不認同這個說法：「不是這樣子的，這是你的性格問題。就像你躲在醫院一樣，現在的你依然是在逃避，只不過場合換成了你所謂的官場。」

傅華忍不住說：「謝總裁，你說話總是這麼一針見血嗎？你這個樣子，哪個男人敢喜歡你啊？」

謝紫閔笑了起來，說：「你又來了，每次被我說中的時候，你就來這招，挑我的毛病；你為什麼不能檢討一下自己呢？更何況，我有沒有男人喜歡關你什麼事啊！」

傅華笑著接話說：「你又不想嫁給我，是吧？」

「切，去你的！」說著，謝紫閔很自然地伸手搥了傅華一下。

這一下讓兩人都有些呆住了，傅華沒想到謝紫閔還有這樣小女人的一面；而謝紫閔則是沒想到自己會對傅華做出這種打情罵俏的行為來。

謝紫閔很快從愣忡中醒了過來，掩飾的笑了笑說：「時間不早了，我們回去吧，晚宴很快就要開始了。」

傅華也馬上反應過來，說：「是啊，我們出來的時間也不短了。」

兩人奔回酒店，各自回房間休息去了，對謝紫閔那一下，誰也沒再提及。

這場晚宴對鄧子峰和謝旭東而言是興趣盎然的，但是對傅華來說，就是枯燥乏味的了。這種高層級的晚宴，除了主角之外，其他人是沒有多少發言權的；不但沒什麼發言權，還要打起十二分的精神來注意自己的言行舉止。同時，還不能悶著頭一味的去吃菜，必須保持一定的禮儀，隨時耳聽八方，注意身旁的動靜。

所以參加這種宴會並不是一種享受，反而是一場煎熬。更像是一場表演，而不是聚餐。

幸好這種宴會時間也很簡短，不會上演狂灌客人喝酒的場面，主客禮貌性的互相應酬一番，適度的閒聊幾句，宴會就結束了。以至於傅華在宴會結束的時候，都感覺自己好像沒吃什麼東西一樣。

晚宴結束後，傅華剛回到房間，就接到孫守義的電話，孫守義問說：「傅華，你現在在哪裡？」

傅華說：「剛回房呢。您和金市長到齊州了嗎？」

孫守義說：「已經到了，我們現在就在齊州大酒店，你過來吧，市長想跟你瞭解一下情況。」

孫守義就告訴傅華金達的房間號碼，傅華心想金達倒是一刻都不肯放鬆，直接就守在酒店裏等著了。

進門之後，傅華禮貌上先跟金達和孫守義打了招呼。

金達說：「你先說說雄獅集團跟省裏談的情況吧。」

傅華回說：「也沒談什麼具體的，鄧省長和雄獅集團的主席互相寒暄一番，表示感謝而已，沒談什麼實質的東西。」

孫守義說：「那雄獅集團有沒有談他們要選擇的地方的具體條件啊？」

傅華搖搖頭說：「這倒沒有。不過經過我的一再請求，他們的主席謝旭東先生同意明天跟金市長見面。」

金達語氣平淡地說：「傅華，你做得不錯。」

傅華心想：我當然做得不錯了，沒有我，雄獅集團根本就不會有這次的東海之行。但是你板著個臉給誰看啊?連個笑容都沒有，是不是這次是由我來安排見面，讓你很不爽啊?

傅華心裏就有點不滿意金達的態度了，不想再待下去，就說：「金市長，您這邊還有什麼事情嗎?」

金達看了一眼傅華，說：「怎麼了?」

傅華不客氣地說：「如果您沒什麼事，我想回房間休息了，今天陪了雄獅集團一天，我的身體有點吃不消了。」

金達的臉色就有點難看了，從來都是領導說休息，下屬才能休息的，哪有下屬自己說身體吃不消，想要先回去休息的?!傅華這傢伙在搞什麼，他是覺得他把雄獅集團帶到東海來就了不起了嗎?還是說巴結上鄧子峰，就想給他臉色看呢?

孫守義看出金達和傅華之間有點不對，便趕忙打圓場說：「是啊，傅華你剛出院，身體吃不消就趕緊回去休息吧。」

傅華便說：「那我就先回房間了。」說完也沒看金達，就站起來走了出去。

金達在後面看著他，心裏不禁一團火，他從海川拼命趕了過來，就是想爭取點時間出來，跟傅華多瞭解一些雄獅集團的動向，好在跟雄獅集團主席見面的時候能夠主動一些。哪知道見面談了不到五分鐘，傅華就找理由走了，根本就沒給他機會了解情形。早知道這樣，他匆匆忙忙趕來幹什麼啊？

不過，金達雖然生氣，卻也不好當著孫守義的面發作，那樣反而會被他看出來傅華不給他面子，就乾笑了一下說：「大家都累了，你也回去休息吧，有什麼問題，明天早餐的時候再聊吧。」

說著，金達故意打了個哈欠，好像他也很累了。

孫守義就站了起來，說：「市長既然累了，您也早點休息吧。」就和隨行人員一起離開了金達的房間。

人都走了之後，金達走到房間的窗戶前，他實際上一點睏意都沒有，他現在滿腦子想的都是要如何爭取雄獅集團把投資放到海川去。但是看起來，傅華對此事的積極性並不是很高，即使雄獅集團的主席好像很欣賞他。

原本金達十分欣喜，覺得既然雄獅集團這麼欣賞信賴傅華，那麼他們把投資放到海川的可能性就很高。沒想到的是，反而是傅華本人表現得不是那麼積極，這讓他的心蒙上了一層陰影。

金達知道，因爲豔照事件他沒有力挺傅華，傅華對他產生了很大的隔閡，一直對他不冷不熱的。這次傅華不會是拿雄獅集團來報復他吧？

這時，玻璃窗上映出金達浮現笑容的臉，笑容中竟然隱隱透著幾分猙獰的意味。

回到房間的傅華雖然沒鑽進金達的心裏看看，但是也猜到了金達對他今晚的表現肯定是不滿意的。一個習慣被人捧著的領導，竟得看下屬的臉色，自然是不會高興的。

但是傅華對此並不在意，他這次操作雄獅集團，就是要給金達臉色看的。如果他今天還要去捧著金達，那他根本就沒必要搞這一齣了。想到金達一定在生悶氣，傅華心情就十分的愉快，躺倒床上，不久就睡了過去。

早上起床，傅華去樓下酒店的餐廳吃早餐。一會兒，孫守義也來了，坐到傅華的旁邊。

傅華打招呼說：「早啊，副市長。」

孫守義說：「早。傅華，你胃口不錯啊，拿了這麼多東西。」

傅華說：「昨晚鄧省長的招待宴會，我基本上都沒吃到什麼，所以餓壞了。」

孫守義笑笑說：「誒，傅華，你跟雄獅集團也算接觸有一段時間了，有沒有瞭解到他們這次要投資東海省的具體目標是什麼啊？」

傅華說：「這個我們倒是聊過，他們是一家做轉口貿易很成功的企業，投資東海的目標當然還是出口貿易了，所以他們現在想把觸角延伸到東北亞這塊地帶來。」

傅華說的很籠統，孫守義便問：「那具體會怎麼做呢？」

傅華回說：「具體怎麼做，我並不是很清楚，只是那個謝總裁說，目前他們考慮的有兩種方式，一是選址自建基地，處理進出口貿易的貨物，這個方式，他們能夠掌握完全的主動權。不過要在一個新的地方憑空建起基地，前期的籌建工作很繁重；另一個思路則是跟人合作，找一家運作成熟的進出口企業組成合資公司，這樣可以減少很多的前期籌備時間，直接利用那家公司現有的客戶資源以及硬體條件，就可以把公司啓動起來，不過這樣子，他們就無法完全掌控這個公司了。這兩個方案各有利弊，所以目前他們還沒有決定究竟採用何種方式。他們想多看幾個地方，也是因爲這個緣故。」

孫守義聽了說：「原來是這樣子啊，我覺得選擇跟人合作對雄獅集團比較有利。他們畢竟在東海人生地不熟的，要憑空建一個基地，恐怕不那麼容易。」

傅華看孫守義這麼說，知道孫守義已經被他引導上他想要的那條路，就笑笑說：「副市長，您這麼說是什麼意思啊？您心目中有合適的合作公司了嗎？」

孫守義提醒說：「哎呀，你怎麼這麼糊塗啊，我們海川的外貿集團不就是這樣的一家公司嗎？」

傅華假裝愣了一下，說：「副市長，外貿集團目前的經營狀況還不錯，您把這家公司拿出來，有點不太合適吧？」

孫守義搖搖頭說：「你的這種想法很有問題啊，難道非要虧損的企業才能跟人合作啊？雄獅集團也不是傻瓜，人家來東海省，又不是來拯救虧損企業的，自然要選擇一家經營狀態不錯的公司合作啦。」

傅華說：「副市長，這是您個人的意思，還是市裏面的意思啊？」

孫守義笑笑說：「這是我個人的想法，不過一會兒吃完早餐，我就會去找金市長談談這個想法，到時候你跟我一起去吧。」

傅華趕忙說：「我還是不去了吧，你們決定之後，通知我一聲，我會一起努力爭取的。」

孫守義看了傅華一眼，問道：「傅華，我怎麼覺得你這次出事之後，對金市長的態度有點冷淡啊？」

傅華搖搖頭，否認說：「沒有啊，我巴結他還來不及呢，怎麼會冷淡呢？」

孫守義勸說：「傅華，有些事你要多理解，金市長也有他的難處。」

傅華說：「副市長，您別這麼說，我是下屬，理不理解還輪不到我，反倒是你們這些領導能多理解我們這些下面做事的人的辛苦就好了。」

孫守義聽出傅華並不想跟他深談和金達的事，顯然傅華對金達的成見已深，深到不願意去化解的程度，看來金達在豔照事件上的態度深深傷害了傅華。

他認爲這對金達或是傅華來說，都不是件好事。尤其是對金達，目前他正處於一個關鍵時期，再跟傅華鬧這些意氣之爭，對他就更爲不利了。只是孫守義一時之間也找不出能幫兩人化解的辦法，只好儘量幫兩人打圓場了。

第十章

同是天涯淪落人

女孩卻繼續說道：「深夜寂寥，孤枕難眠，找個人陪也很正常啊。我也是一個人睡不著，才出來想找個人做伴的。既然大家同是天涯淪落人，乾一杯吧。」

傅華跟女孩碰了杯，女孩很自然身子一歪的靠在了傅華身上。

匆匆吃完早餐後，孫守義就離開餐廳，去了金達的房間。

傅華沒有跟過去，回到房間，看看時間，估計謝紫閔已經起床了，就撥了電話過去，想問一下謝旭東的情況，看看他什麼時間能夠見金達。雖然對金達有諸多不滿，但工作還是得做好的。

電話打不通，謝紫閔不在房間，傅華就又撥了謝紫閔的手機。謝紫閔接通了，傅華問她在哪裡？謝紫閔說：「我跟伯父一起吃早餐呢。誒，你吃了嗎？」

傅華說：「我已經吃過了，我們的市長已經到了，麻煩你問問謝主席，他什麼時候方便見我們市長啊？」

謝紫閔問了謝旭東，謝旭東回說九點。傅華答應了聲。又讓謝紫閔幫他拜託謝旭東，不要再在市長面前講昨天那種讚揚他的話了。

謝紫閔笑說：「怎麼，聽表揚的話你不好意思嗎？」

傅華說：「那倒不是，是怕我們市長不喜歡聽那些讚揚我的話。」

謝紫閔愣了一下，奇怪地說：「怎麼，他還不願意別人誇獎他的屬下能幹嗎？」

傅華笑笑說：「這個可能你理解不了，你說給謝主席聽，我想他會明白我的意思的。」

謝紫閔笑說：「又搞得這麼神秘，行了，我跟他說就是了。」

敲定了會面時間，傅華就去金達的房間，向金達回報了約定時間，便到一旁等待，想說到九點再帶金達和孫守義去見謝旭東。

金達倒是先找他談話了，說：「傅華，剛才孫副市長跟我談了他的想法，我覺得市裏拿出外貿集團來跟雄獅集團合作，這個方案是可行的，你覺得呢？」

傅華說：「市長覺得可行，那就是可行的。」

金達心說：你這不是廢話嗎，如果這樣，我還問你的意見幹什麼啊？

金達又說：「那你覺得雄獅集團會不會接受呢？」

傅華回說：「這個很難說，但我認爲他們不管接不接受，都不會立刻做出決定的。人的心理都是這樣，有多項選擇，就不會馬上作出決定，因爲會擔心錯失更好的選項。」

孫守義在一旁說：「這倒是，現在主動權操在人家手裏啊。」

金達說：「不過，我們的外貿集團在東海省是發展得不錯的企業，這是我們爭取雄獅集團的亮點，想來雄獅集團也會考慮到這一點的。傅華，到時候你要在雄獅集團面前多強調這一點，儘量爭取讓他們跟外貿集團合作。」

傅華心說：你現在急於辦成這件事，就又想到我了，開始對我客氣起來啦?!真是的。嘴上卻恭敬地說：「好的，我會跟他們多介紹一下外貿集團的。」

金達又交代說：「多介紹之外，最好能將他們帶到海川去實地看一下。外貿集團有專用的貨運碼頭，也有足夠的儲運倉庫，這些硬體設備，相信實地看過之後，他們一定會被吸引住的。」

傅華點點頭說：「我會盡力爭取的。」

九點多一點，傅華就帶著金達和孫守義去了謝旭東的房間，謝旭東已經穿上西裝，在房間裏等候了。

傅華給雙方做了介紹。謝旭東跟金達握了握手，說：「幸會，金市長，您這麼年輕就掌管海川這麼大的一個城市，真是年輕有爲啊。」

金達笑笑說：「謝謝您的誇獎，跟您說實話吧，掌管這麼大的一個城市，對我來說擔子很重啊，海川市是一個很美麗的海濱城市，我很希望在我手裏能夠變得更加美好，也更熱切盼望像雄獅集團這樣有實力的公司，能夠參與海川的城市經濟發展當中去，共同把海川發展的更加美好。」

謝紫閔聽了說：「看來金市長是一位很有理想的領導，如果適合的話，我們雄獅集團也十分願意參與海川經濟發展的。」

孫守義在一旁說：「適不適合，我們光在這裏說是不行的，最好是貴集團能夠到海川實地看看，實地看過，就會知道海川市是很適合貴集團的。」

傅華也附和說：「對啊，我們海川市很歡迎兩位去海川實地走走，海川市的國際貿易歷史悠久，五口通商時代，這裏就是一個對外開放的口岸了，有時間你們也可以去看一看，現在海川還保留著當年外國人建設的一些領事館，感受一下海川市的開放精神。」

謝旭東笑笑說：「看是要去看的，海川是我們要考察的重點之一。只是我不能在這邊久留，要去看，就得紫閔去看了。」

金達趕忙說：「謝主席，我們海川市是十分期盼您能去走走的。您過門不入，可是讓我們感到很遺憾啊。」

謝旭東說：「以後有機會吧，我這次行程真是排不開。其實紫閔去，跟我本人去看是一樣的。」

金達就把目光轉向謝紫閔，說：「那謝總裁什麼時候能夠成行啊？」

謝紫閔笑說：「金市長，您這樣可真是有點緊迫盯人了。我這次來齊州，只是陪伯父跟鄧省長會面的，之後具體要再到哪個城市，或是去看什麼，我還沒做準備呢。」

金達示好地說：「根據我們的瞭解，貴集團這次準備在東海設立轉口貿易基地，設立這種基地不外乎兩種方式，一是自建，二是合作。不怕謝總裁說我吹噓，我們海川的外貿集團在進出口方面有著不錯的成績，他們的人才儲備、客戶資源以及硬體設施，在東海省都是一流的。貴集團可以實地考察一下外貿集團。如果貴集團想要自建基地，那我們也願意爲你們提供一切的便利。」

謝紫閔瞟了傅華一眼，心說：你這傢伙真是夠聰明的，把你們領導的心思捉摸得一清二楚啊，八成這也是你事先就引導他的吧？

謝紫閔便故意朝傅華搖搖頭說：「傅先生，你這麼做可不好啊，你怎麼把我聊天中說的話透露給你們領導了呢？我們現在還沒決定要怎麼做呢，你就把消息透露出去了，你這樣讓我們很被動啊，以後我真的不敢再跟你說什麼了。」

傅華笑說：「謝總裁，這你可怪不得我啊，你很清楚我很想把你們雄獅集團引進海川的，當然會注意收集你們的資訊了。其實我們金市長也沒說非要你怎麼樣啊，他的意思是，海川是很適合貴集團投資建立轉口貿易的基地的，無論你們想要自建也好，要找公司合作也好，我們都可以提供合適的方案給你們。怎麼樣？考慮考慮，先去海川看看吧。」

謝紫閔故作埋怨道：「可是你這樣，讓我有被出賣的感覺啊。」

謝旭東在一旁說：「紫閔啊，你不要去怪傅先生，他的職責就是為了海川市招商引資，搜集我們的資料也是很正常的。」

謝紫閔苦笑了一下說：「不怪他，那就怪我啦，怪我經驗不足，一上來就把底牌透露給對手了，是吧？」

謝旭東笑說：「我並沒有怪你的意思，就算你不透露，我們的來意也很容易就會被揣測出來的。我覺得金市長剛才的話並沒有什麼不好的地方啊，他為我們著想，提出了兩個切實可行的方案，充分顯示了海川市對我們雄獅集團的誠意。這很好，你不妨就去看看嘛，如果合適，我們就把基地放到海川去；如果不合適，我們也可以再選別的地方。」

謝紫閔看著謝旭東說：「伯父，您的意思是讓我先去海川看看？」

謝旭東點點頭說：「反正都要去看的啊，什麼先啊後的。金市長又沒說看了就不讓我們走了。」

金達笑說：「對啊，謝總裁，我們海川市是一個有法治的地方，來去自由的。」

謝紫閔瞅了傅華一眼，說：「這下你高興了吧，被你設計成功了。」

傅華笑了，說：「謝總裁的意思是，要先去海川看看了？」

謝紫閔一臉難色說：「我伯父都說讓我先去海川了，我還能怎麼樣呢？」

孫守義笑笑說：「謝總裁不要不高興了，我跟你保證，你這趟海川之行絕對是值得的。」

謝紫閔不想讓金達看出來她其實早就看好了海川外貿集團，就說：「好吧，我去就是了。不過，我不能馬上就去，我要先送我伯父回北京；再是，我也需要時間做做事前的準備工作。」

金達趕忙說：「這是自然，那我們就恭候謝總裁的大駕了。」

謝紫閔笑笑說：「行，金市長，我會儘快成行的。我伯父下午要飛北京，是不是就這樣了吧？」

金達立即說：「那我們就不打攪謝主席了，謝主席，期待您下次能來海川。」

謝旭東笑笑說：「謝謝金市長，我也很期待能去海川看看。」

金達就帶著孫守義和傅華離開了謝旭東的房間。

回到房間後，金達鬆了口氣說：「總算不辱此行啊，剛才幸好這個謝紫閔沒有說要直接來海川，真要來的話，我們什麼都沒準備，給人家看什麼啊？老孫，我們要趕緊回去準備資料了，也要跟外貿集團打聲招呼，讓他們做好準備工作。」

孫守義同意說：「是啊，時間還真是很緊湊呢。」

金達又看了一眼傅華，說：「傅華，你這次表現的不錯，不過不要因此就鬆懈，回去北京要盯緊著那個謝紫閔，不要讓其他縣市鑽了空子。」

傅華點點頭說：「行，我會盯緊的。下午我會跟他們同機返回北京，就會催謝紫閔儘快成行的。」

孫守義笑說：「傅華，我看那個謝紫閔跟你的關係還不錯，加把勁，爭取讓雄獅集團把投資留在海川。」

傅華擺了擺手說：「副市長，您真是會開玩笑，什麼關係不錯啊，您沒看到她剛才對我那個不高興的樣子嗎？」

孫守義懷疑地說：「那是不高興嗎？我怎麼不覺得啊？在我看，更像是她在跟你打情罵俏呢？」

傅華趕忙搖頭說：「副市長，這您可不能瞎說啊。」

孫守義笑笑說：「你是當局者迷，我是旁觀者清。如果謝紫閔真是生你的氣的話，她根本就不會答應去海川的。」

傅華說：「她答應，那是因爲謝旭東說了的關係。」

孫守義笑笑說：「好了，我們不要爭這個啦。反正這個女人對我們來說很重要，傅華，你要努力啊，能不能成功把他們的投資留在海川，可就要看你了。」

傅華笑說：「副市長，我怎麼覺得你是要我施展美男計啊？」

孫守義笑罵說：「我不管你什麼計不計的，反正你必須要把雄獅集團爭取到海川來就是啦。」

金達做了結論說：「是啊，我們當前最重要的目標就是要爭取到他們的投資，大家就一起朝著這個目標努力吧。傅華，我跟孫副市長就不在這多留了，我們要趕緊回去做準備才行。」

金達和孫守義便和隨行人員匆忙趕回海川去了。

傅華回到自己的房間，剛坐下，電話就響了起來，傅華拿起話筒，謝紫閔的聲音傳了出來：

「我看到你們的市長離開酒店了，怎麼樣，我今天的表演不錯吧？是不是跟你配合得很有默契啊？」

傅華笑了起來，說：「是啊，簡直表演得太好了，都可以拿奧斯卡最佳女主角獎了。」

謝紫閔高興地說：「真的嗎，你真的這麼認爲？」

傅華駁斥說：「什麼啊，你以爲你真的表演得不錯啊？你表演的太過火啦，孫副市長都看出來了。」

謝紫閔立即沮喪地說：「你這個人真是掃興，就不能讓我高興一會兒啊。他看出來了？你怎麼知道他看出來了？」

傅華說：「他說你最後跟我生氣的那一段，很像是……」

說到這裏，傅華忽然意識到孫守義所說的「打情罵俏」四個字很有些曖昧的意味，於是話說了半截就趕緊咽回去了。

謝紫閔看傅華話沒說完，奇怪地問說：「你什麼意思啊，怎麼不說下去了？說啊。」

傅華隨口敷衍說：「反正就是不像真的生氣的樣子啦。」

謝紫閔佩服地說：「你們這個副市長眼光還真是銳利啊，這樣也能被他看出來?!」

傅華笑笑說：「官場中人哪一個不善於察言觀色啊？以後你要注意一點，戲不要做得過火了，過猶不及都會壞事的。」

謝紫閔說：「知道啦，謀家。我現在才發現你這傢伙真是不簡單，居然把你們領導的心思摸得如此通透，他們都成了你手裏的提線木偶了，做什麼都按照你的指揮來。」

傅華笑笑說：「這沒什麼。其實這些領導們做事都有固定的思維模式，只要按照他們的思維模式去考慮，想要他們隨你的節奏去做事，並不是什麼難事。」

謝紫閔聽了，不禁笑說：「傅先生，我感覺你似乎有點享受這件事啊。」

傅華反問說：「有嗎？」

謝紫閔說：「有啊，你看你現在說起這件事來，口吻多麼輕鬆啊，你可別不承認啊。」

傅華笑了，他確實是有些得意，就說道：「好吧，我承認，也許我是墮落了吧？」

謝紫閔笑了起來，說：「又來了，我不跟你說啦，真是受不了你，行了，掛啦。」

謝紫閔掛了電話後，傅華想到下午就要回北京了，走之前應該跟鄧子峰打聲招呼，就撥了個電話給鄧子峰。

「鄧叔，我下午要回北京了，走之前跟您說聲再見。」

鄧子峰說：「我知道，我讓曲秘書長代表我送謝旭東。我聽說金達和孫守義也見了謝旭東了，談得怎麼樣啊？」

傅華回說：「還不錯，雄獅集團答應先去海川市看一下。」

鄧子峰很滿意地說：「那你就多努力吧，儘量爭取讓雄獅集團落戶海川。跟你透露個消息，我跟呂紀書記談過了，他也認同我的建設黃金海岸、打造東北亞國際貿易中心區的概念。我們一致認爲海川很適合做這個中心區的中心。下一步，省裏就會出爐一系列支持海川發展的政策，呂書記還準備向國家發改委爭取在海川設立保稅區。就算國家發改委不批准這個保稅區，東海省也會給海川市一定的政策扶持的。所以，海川將會迎來一個大發展的時期。你可以把這些消息跟謝旭東說，相信他們聽了之後，一定會對海川另眼相看的。」

傅華笑笑說：「好的，鄧叔，我會轉告他們的。」

鄧子峰又說：「有時間多過來齊州見見我，你的一些經濟觀點對我很有啓發。」

傅華答應說：「好，那就這樣啦，鄧叔再見。」

下午，傅華便陪同謝旭東和謝紫閔返回了北京。對傅華來說，這次的東海之行算是圓滿結束。

到達北京，傅華沒回駐京辦，直接回家。

這次傅華雖然表面上只是一個配角，但實際上整件事都是他策劃出來的，在齊州的每時每刻，他的大腦都在高速運轉，思考著每個細節，生怕一個細節安排不到，事情就砸在自己的手裏。所以身心一直是高度緊張的狀態，這對剛出院不久的他，還真是有些吃不消，因此倒在床上就睡死了過去。

也不知道睡了多久，睜開眼睛時，屋子裏已經漆黑一片了。

傅華感覺有點餓，起床看看時間，竟然晚上十一點了，他在冰箱裏找到了幾個雞蛋，就隨便煎了荷包蛋，吃了起來。

在空無一人的房子中一個人吃飯，讓傅華感覺有些淒涼，心裏不禁暗道：我這是在堅守什麼啊？愛情嗎？如果愛情是在你最失落、最被傷害的時候離你遠去，那這種愛情又有什麼意義呢？

傅華發現現在的他，對鄭莉已經沒有事情一開始發生時的那種愧疚感了，誠然他跟一些女人是有著某種程度的曖昧，但是他覺得自己已經堅守住了最後的防線，可是鄭莉卻猛抓著這點不放，怎麼也不肯原諒他。這是鄭莉對他的愛嗎？如果愛是一點瑕疵都無法容忍的話，那這個愛真是有點太累了。

吃完荷包蛋，傅華發現可能是他之前睡得太飽，居然沒有一點睡意，索性也不睡了，乾脆開著車四處亂轉。

不知不覺車子開到了什剎海，傅華忽然想到他很久沒有來什剎海的酒吧坐坐了，就停車去了「左岸」。

再次走進竹林掩映的小院，青花瓷缸裏的金魚還在緩慢地游著，傅華有點精神恍惚，好像時間都靜止了，他似乎又看到了當初他第一次來「左岸」時的情景。

當時是還活著的仙境夜總會的四大頭牌之一的孫瑩帶他來的，他也是第一次在這裡喝到了愛爾蘭咖啡，聽到了愛爾蘭咖啡的故事。

那個時候的他，還是那麼的稚嫩，還沒有被這個光怪陸離的城市所同化，但是經過這幾年的風風雨雨，經歷了太多的世俗磨練，他的心已經不再那麼單純了，他不再相信世界上會有毫無目的的感情。

傅華找了一個大沙發窩在裡面坐了下來，服務小姐過來問他要點些什麼，他想都沒想，就說一杯愛爾蘭咖啡。

服務小姐很快把咖啡送了過來，傅華品了一口。

再次喝到愛爾蘭咖啡，他已經感受不到當初的那種心境了，忽然覺得這個所謂的愛爾蘭咖啡，也許本身就是一個錯誤吧，咖啡和雞尾酒本來就是不搭界的東西，硬要湊在一起，不是很滑稽嗎?!就像兩個不同世界的人，天真的以爲可以打破世俗，永遠幸福快樂，硬是湊成對在一起，卻終究逃不過命運的摧殘，仍是悲劇收場。

愛爾蘭咖啡的故事，也許根本是商家爲了促銷所做的廣告噱頭吧，故意編造出一個美好的故事，企圖給這杯愛爾蘭咖啡的苦澀賦予根本就不存在的淒美感。

想到這裡，傅華的心情就有點壞了，再去聽抒情的音樂，也感受不到那種情調，他忽然有點莫名的煩躁，付了錢，就趕緊走出了「左岸」。

出了酒吧，傅華竟有點茫然，不知道自己該到哪裡去，他坐在車上發呆，感受到前所未有的孤單，這種孤單透進了他的骨裏，他卻無力擺脫。

他就這麼一直在車裡坐著，直到天亮，才發動車子離開。

他隨便找了個地方吃點東西，看看時間，謝旭東今天要回新加坡，禮貌上他應該去送送行，便開車前往雄獅集團。

謝旭東見傅華來送行，感到十分高興，說：「謝謝你傅先生，雄獅集團這次來中國能遇到傅先生，實在是很幸運啊。」

傅華謙虛地說：「我才應該謝謝您才對，沒有您的配合，這次我只能唱獨角戲了。」

謝旭東笑笑說：「那對我們大家都有利的，有你在，我很期待跟海川的合作。」

送走了謝旭東，回返的途中，謝紫閔說：「你昨晚幹什麼去啦，我怎麼看送走我伯父之後，你整個精神都塌了下來啊？」

傅華苦笑說：「被你說中了，我昨晚下半夜一直在車裏坐到天亮。」

謝紫閔愣了一下，說：「怎麼了，壓力太大失眠了？」

傅華說：「你有沒有那種感覺過，就是周圍雖然圍著一大群人，包括你最親近的人，你的心卻特別的孤單，好像這個世界上就只剩下你一個人，沒有任何依靠，只能靠你自己。」

謝紫閔呆了一下，說：「嗯，曾經有過，特別是在我遇到挫折的時候，這種孤立無援的感覺十分明顯。咦，你是不是還沒有從那件事中走出來啊？這次去東海，我看你精神挺好的，還以爲你沒事了呢，現在看來，好像還是沒有啊。」

傅華笑笑說：「沒事啦，不過就是有時候很感傷罷了，我能撐過去的。」

謝紫閔關心地說：「強撐不是辦法，解決不了問題，你再遇到有這種心情不好的時候，打電話給我，我出來陪你喝喝酒聊聊天什麼的，也能寬解一下的。」

傅華不置可否地說：「我都說沒事啦，不管怎麼樣，謝謝你了。」

謝紫閔埋怨說：「你這麼說，就是不想拿我當朋友了，我知道你覺得我太強勢，不是你喜歡的類型。不過，我就是這個樣子，無法改變，你最好適應一下，因爲雄獅集團如果真要在海川投資的話，那你要面對我的時間還很長呢。」

傅華笑說：「你的意思是，我操作這件事是自討苦吃了？」

謝紫閔笑了，說：「算是吧。傅先生，你有沒有發覺你這個人實際上很沒有自信？尤其是在強勢的女人面前。在強勢的女人面前，你總是以一種被動的姿態去接受，而非主動的征服。就像你老婆出走這件事來說吧，其實你並沒有做錯什麼啊，你老婆有什麼理由來怪你啊？但是事情發生之後，你卻只是一味地在她面前檢討自己。你知道這樣的後果是什麼嗎？」

傅華好奇地說：「是什麼？」

謝紫閔分析說：「結果本來並不是一件嚴重的事，你這麼一檢討，反而讓你老婆覺得你的錯誤是不可原諒的，她本來大可容忍下去，你這下倒讓她覺得無法容忍了，才導致她遠走巴黎。你覺得我說的對嗎？」

傅華覺得謝紫閔說的不是沒有道理，他的確是一碰到強勢的女人就很被動，不過，要他就此承認是自己的錯，他還是覺得有點不對，就搖搖頭說：「謝總裁，我承認你說的有點道理，但是有些事情你並不知道，並非完全像你所想的那樣的。」

謝紫閔說：「也許我並不知道事情的全部，但是我仍然堅持我的論點。我看得出來，你們倆很相愛，兩個相愛的人是沒有什麼事不可原諒的，特別是你還是在被人陷害的情況下。如果你當初表現得強勢一點，堅決不讓你的妻子離開你的身邊，我想今天的結果可能就會大大的不同了。」

傅華呆住了，他從來沒往這方面去想過，難道真是如謝紫閔所說的那樣嗎？如果他強勢一點，堅持不讓鄭莉離開身邊，又會是什麼樣的結果？

謝紫閔看傅華不說話，知道他多少認同了她的說法，就接著說道：「你還是不瞭解女人的心理，再強悍的女人其實也是渴望男人幫她們撐開一片天的。」

傅華苦笑了一下，說：「也許吧，這方面我並不擅長，你看我兩次婚姻都搞得這麼狼狽不堪就知道了。」

謝紫閔笑笑說：「好啦，你也不要想太多了，回去好好休息一下，沒有過不去的難關，事情總是會解決的。」

傅華衷心地說：「謝謝你了，謝總裁。」

謝紫閔說：「你別老叫我謝總裁了，我也不想老是稱呼你傅先生，我們都稱呼對方的名字好嗎？」

傅華聽了說：「謝紫閔，叫起來有點彆扭啊。」

謝紫閔笑說：「我年紀比你小，你就叫我小謝吧。我呢，就叫你傅華，這樣子不就很順了嗎？」

傅華笑了，說：「行啊，小謝，就按照你說的辦吧。」

謝紫閔也笑了起來，「這就對了嘛。」

齊州，張作鵬的山間別墅裏。

張作鵬、李君君、莫克和陸曉燕正聚在餐桌旁吃飯。

莫克是張作鵬派人專門接過來的。經過專家論證，鵬達集團提出的雲泰公路修改方案的確很有必要。領導小組在專家研究的基礎上通過了該方案，於是張作鵬把莫克接來一起慶祝。

雖然方案通過了，莫克卻沒有顯得太高興的樣子，在餐桌上一直鬱鬱寡歡的，只有在陸曉燕貼過來向他媚笑時，臉上才勉強露出一點笑容來。

莫克心情這麼沉重，不是因爲別的，正是因爲最近呂紀對他的態度。呂紀對他的不滿，幾乎是東海政壇上公開的秘密了；而且這種不滿有加劇的態勢，讓莫克感受到他市委書記的位置越來越坐不穩了。

再是金達最近的表現，呂紀上次趁視察雲泰公路的時候，跟金達在車裏嘀咕了半天。有消息說，呂紀是讓金達盡力爭取雄獅集團落戶海川，來東海省投資。

有人就猜測，呂紀要金達爭取這家集團，不僅僅是因爲這對海川經濟發展有很大的幫助，同時，金達也能夠增加一份政績，從而有實力走上更高的位置。這個更高的位子，不是別的，正是莫克現在坐著的市委書記寶座。

這兩天，金達和孫守義爲了這件事不停忙活著，看來進展十分順利。莫克很清楚，一旦雄獅集團正式落戶海川，就是他要騰位子給金達的時候了，他自然不希望金達促成這件事。

但是他又沒有膽量公開的跟金達搗亂，所以莫克現在的心情備受煎熬，只能眼睜睜的看著這一切不利於他的事情發生。

張作鵬看出莫克心情不好，就端起酒杯，說：「莫書記，你今天是怎麼了。守著我們的曉燕，怎麼一點高興的樣子都沒有啊？今天可不許這樣，美人在懷，應該及時行樂才對啊。」

陸曉燕也媚笑著說：「是啊，你今天可真是有點不對勁啊，怎麼，你不喜歡我了嗎？」

莫克苦笑了一下，說：「曉燕，你知道我是怎麼對你的。我今天這個樣子，是因爲工作上的事，不是因爲你。」

陸曉燕不禁埋怨道：「工作上什麼事啊？你別這樣嘛，今天大家是來玩的，你這樣很掃興啊。」

莫克抱了一下陸曉燕，陪笑說：「曉燕啊，你不明白的，這個張董應該知道，我最近處境很尷尬。」

莫克說著，便看向張作鵬說：「是吧，張董？」

莫克之所以把話題引到張作鵬身上，是因爲張作鵬身後是孟副省長，他想從張作鵬那裏知道孟副省長對最近東海政壇上這些事情的看法，尤其是關於他的看法。

張作鵬點點頭說：「是啊，我知道莫書記最近遭遇了一些不如意的事情。」

莫克嘆了口氣，說：「可能以後張董再要運作這些事，就要去找金達了，而不是找我嘍。」

張作鵬勸慰說：「莫書記，您是不是也太悲觀了一點啊？沒那麼嚴重的。」

莫克卻苦著臉說：「張董就不要說好聽的話來安慰我了。」

張作鵬笑笑說：「這不是我說好聽的，而是事實。不管怎麼說，您現在畢竟是在市委書記的位置上，沒有犯什麼明顯的錯誤，別人想要動您，也不是件容易的事。東海政壇最近確實是有些風聲傳出來，說是上面領導想要換掉您。這件事我特別問過孟副省長，你猜孟副省長怎麼說？」

一聽到孟副省長，莫克眼睛就有神了，立即緊張地問：「張董，別賣關子了，快說孟副省長是怎麼說的。」

張作鵬說：「孟副省長說了，東海這地方還不是某人的家天下，不是誰一句話就能拿掉誰換上誰的。我想莫書記您應該明白我說的是什麼意思了吧？」

張作鵬這是在暗示孟副省長會維護他，不讓呂紀換掉他的意思，莫克高興地連連點頭說：「明白，明白。」

張作鵬就說：「那您今晚的心情是不是可以高興一些了？」

目前的東海政局有點複雜，最近呂紀在打擊他的同時，又開始拉抬孟副省長的聲勢，讓前段時間灰頭土臉的孟副省長敗部復活，重新活躍了起來。

這表明呂紀在某些方面還有想要借重孟副省長的地方。既然呂紀還想借重孟副省長這一本土派系，那麼孟副省長如果維護他的話，呂紀也不得不暫時放下換掉他的想法了。

雖然不是徹底安全了，但不管怎麼說，莫克覺得他的市委書記寶座暫時有了一點保障，心情就放鬆了下來，對張作鵬說：「當然高興啦，來張董，這杯我敬你，爲了我們這次的合作成功乾杯。」

張作鵬便跟莫克乾了一杯，然後說：「莫書記啊，您就放心好了，我們現在可是在同一條船上，我張作鵬可是不會看著哪個人出事而不管的。」

「對對，」莫克笑著說：「我們是同坐一條船的，是應該相互扶持。」

桌上的氣氛就開始活絡了起來，李君君和陸曉燕適時地鬧騰著敬酒，不知不覺間，莫克就有點多喝了。

張作鵬看看火候夠了，就結束酒宴，和莫克各自帶著自己的女人進了房間。

一進房間，借著酒勁，莫克就開始撕扯著陸曉燕的衣服。壓著他心頭的一塊石頭被張作鵬搬走了，他正有一股邪火想要找地方發洩，陸曉燕正好給他提供了發洩的管道。

經過一番勇猛的衝鋒陷陣，莫克很快就鼾聲如雷，進入了夢鄉。

正做著美夢時，就聽到有人在耳邊叫道：「醒醒，寶貝，醒醒。」

莫克睜開眼睛，看到陸曉燕正看著他，有點不高興地說：「幹嘛啊，我睡得正香呢。」

陸曉燕說：「你不是要趕回去海川主持會議嗎？張董讓我叫你起來。」

莫克這才意識到他身在齊州，使勁的搖搖頭，清醒了一下，然後穿好衣服上了車。

沒想到張作鵬居然在車上，莫克說：「張董，你這是幹嘛，你不會是要親自送我去海川吧？」

張作鵬笑笑說：「那倒不是，我是有兩件事要跟您說，說完我就下車。」

張作鵬說著，遞給莫克一本存摺，說：「這是這次您應該得到的部分，您收好。」

莫克打開存摺，看了看上面的數字，滿意的將存摺裝進了口袋，說：「謝謝張董了。」

張作鵬說：「客氣什麼，這是您應得的。」

莫克便說：「那另一件事呢？」

張作鵬說：「另一件事是關於金達市長的。莫書記，您不能老是這麼被動挨打啊，您也要想辦法主動出擊才行啊。你我都明白呂紀是想讓金達取您而代之，您不能就這樣睜眼看著讓人家取代吧？」

莫克沒想到張作鵬會說起這個，尷尬地說：「我當然不想了，可是目前呂紀盯得很緊，金達又很謹慎，我找不到可以攻擊他的地方。」

張作鵬語帶玄機地說：「其實可以攻擊金達的地方是現成的，只是莫書記您沒想到罷了。」

莫克愣了一下，說：「什麼地方啊，我怎麼不知道？」

張作鵬笑了起來，說：「莫書記，您忘了舊城改造項目了嗎？」

莫克自從主導舊城改造項目，朱欣被拍了照片之後，就不再願意過問這個項目了，一來是他在這個項目上丟了臉，本來他是想把項目拿給束濤的城邑集團的，結果被丁益和伍權拿了去。再讓他去接觸這個項目，他就很彆扭。二來，這個項目現在是金達和孫守義在管理，他無法從中獲取什麼利益，自然也不想再插手了。

莫克看了眼張作鵬，說：「張董，這個項目怎麼了？」

張作鵬笑笑說：「據我所知，拿到項目的那倆個傢伙最近好像在拆遷方面遇到了一點麻煩。」

莫克不以爲意的說：「張董，你又不是不知道現在的形勢，拆遷哪有不遇到麻煩的，這不是什麼大事，想要借這個整治金達，恐怕不行吧？」

張作鵬笑說：「不是什麼大事，可以搞成大事啊。」

莫克疑惑的看著張作鵬，說：「哪有那麼容易啊？怎麼搞？」

張作鵬說：「您忘記城邑集團的束濤了吧？他可是對沒拿到舊城改造項目一肚子不滿

呢，怎麼搞？您問我，我不知道，但是您問東濤，我想他是知道的。」

莫克愣了一下，隨即笑了起來，他知道東濤當初爲了舊城改造項目下了很大的本錢，最後卻竹籃子打水一場空，心中對金達、孫守義和丁益伍權那幫人是恨之入骨。張作鵬這麼說，估計一定是東濤在他面前說些什麼了。

也許這倒是一個整治金達的好辦法，呂紀不是想給金達臉上貼金嗎？我就偏要往他臉上抹黑，看看如果金達領導的舊城改造項目出了問題，呂紀還能讓金達接替他的市委書記位置嗎？

莫克心裏冷笑一聲，孟副省長說得對，東海還不是某個人的家天下，也不是某個人想幹什麼就可以幹什麼的。如果金達出了問題，呂紀就算拿掉他，也無法讓金達接任市委書記這個職務，那樣也許呂紀就會放棄換掉他了。

莫克說：「張董，我明白你的意思了，回去我就會請教一下東濤的。」

張作鵬笑笑說：「那行，我想說的事情說完了，讓司機送你走吧。」

張作鵬就下了車，一會兒司機上來，開車把莫克送回了海川。

北京，晚上十點，笙篁雅舍，傅華的家中。

躺在床上的傅華怎麼也睡不著，房間裏靜謐的可怕，連掉根針在地上都能聽到聲音。

傅華深深懷念起鄭莉和傅瑾在身邊的日子，雖然有時候傅瑾也會吵得讓人睡不著覺，但是那種睡不著是幸福的，不像現在這麼令人煩躁。

傅華在床上翻來覆去半天，實在無法入睡，就爬了起來，他決定出去找個酒吧喝點酒，也許酒精的麻醉能讓他很快的入睡。

於是他在家附近隨便找了家酒吧，酒吧裏放著一支不知名的曲子，很悠揚，環境倒是一般，傅華也不挑剔，他只是想找個喝酒的地方而已。於是開了瓶蘇格蘭威士忌，叫了一個水果拼盤，就在那裏慢慢的喝了起來。

一個陌生的女孩走了過來，對傅華搭訕說：「先生一個人吧？可以坐你旁邊嗎？」

傅華抬頭看了看女孩的模樣，女孩年紀很輕，二十出頭，個子高挑，在酒吧暗淡的燈光下，看上去有點姿色的樣子，倒是不讓人討厭，就無可無不可的點了點頭說：「坐吧。」

女孩坐了下來，傅華指指酒瓶，問道：「喝酒嗎？」

女孩子點點頭說：「來一杯吧。」

傅華就給女孩倒了一杯，女孩拿起酒抿了一口，評論說：「酒不錯。」

傅華看女孩喝酒的樣子，知道她肯定是經常出入這種場合，就笑了笑，沒說話。他不想搭理這種女孩，她們身上的風塵味太重，怕惹上了是個大麻煩。

女孩卻不理會傅華的心情，笑笑說：「先生，你這麼帥，怎麼會一個人喝悶酒啊？」

傅華淡淡地說：「我是一個人喝酒，不是喝悶酒。」

女孩又說：「那就是我說錯話了。先生，你多大年紀啦？」

傅華說：「這與你有關嗎？」

女孩笑笑說：「無關，但是無關就不能問嗎？」

傅華愣了一下，說：「這倒是，那你看我多大年紀了？」

女孩猜說：「我看嘛，三十五六歲的樣子吧。」

傅華說：「中年大叔了，是吧？」

女孩說：「不能那麼說，我倒覺得這個年紀的男人更成熟，更有男人味，不像一些二十出頭的毛頭小子，愣頭青似的。」

傅華開玩笑說：「是不是你對我這個年紀的男人都說這一套啊?這個詞好像很老套了。」

女孩反唇相譏說：「先生你真有經驗，是不是很多年輕女孩都跟你這麼說過啊?」

傅華笑著搖搖頭說：「不錯哦，你反應挺快的嘛。」

女孩老氣橫秋地說：「行了吧先生，你既然同意我坐在你旁邊，就是不討厭我了，不要老是做出一副一本正經的樣子吧。」

傅華說：「看來這倒是我的不對了，我讓你坐我旁邊，也只是想你陪我喝酒罷了，沒其他的意思。」

女孩反問說：「沒其他的意思，真的嗎？」

傅華正色說：「當然是真的了。」

女孩搖搖頭，不以爲然地說：「你真幽默，到這裏來的男人，沒有一個沒其他意思的，難道你會是例外？別逗了，你一個人坐在這裏開一瓶酒，架勢就是準備找個陌生的女孩灌醉了帶回去過夜的。」

傅華懶得去跟這個女孩解釋，便說道：「隨便你怎麼想吧。」

女孩卻繼續說道：「深夜寂寥，孤枕難眠，找個人陪也很正常啊。我也是一個人睡不著，才出來想找個人做伴的。既然大家同是天涯淪落人，乾一杯吧。」

傅華笑笑，端起酒杯，就跟女孩碰了杯，然後抿了口酒。女孩也抿了口酒，然後挑了一片水果吃。吃完之後，很自然身子一歪的靠在了傅華身上。

傅華愣了一下，第一個反應就想要去推開女孩，不過，隨即他就感覺自己實在有點好笑。酒吧本就是個逢場作戲的地方，自己這麼嚴肅幹什麼啊？又沒有人會知道今晚在這裏發生了什麼，他沒必要把氣氛搞得那麼僵。

想到這裏，傅華乾脆伸出一隻胳膊，將女孩攬進了懷裏。

女孩依偎進傅華的懷裏，仰起臉，眼神迷離的看著他，輕柔的說：「從這個角度看，感覺你真是很帥啊。」

近距離看，女孩的模樣也有點撩人，不過，此刻傅華更渴望的是一個安安靜靜陪伴他的人，而非要跟他做那種事情的女人，便說：「別說話。」

女孩把臉更加貼近了傅華的臉。傅華感受到她的呼吸，女孩的氣息很好聞，充滿了年輕的味道。

就這麼坐了一會兒，女孩見傅華一直沒有什麼進一步的舉動，開始不安分了，貼著傅華的耳朵輕聲說：「我今晚沒什麼地方可去，你可以把我帶走嗎？」

女孩說著，就把手伸進傅華的衣服中，去輕撫傅華的胸膛。

傅華覺得女孩的舉動超出了他的底線，將她的手從衣服中拿了出來。

女孩愣了一下，瞅著傅華說：「怎麼，不喜歡？」

傅華說：「我們能不能只安靜地喝酒啊？」

女孩撇了撇嘴說：「誒，你這樣可是讓我很沒面子啊，好像我沒什麼魅力似的。」

傅華笑說：「你很有魅力，但是現在我只想靜靜的喝杯酒，可以嗎？」

女孩的嘴撇得更厲害了，說：「大叔，你這是幹嘛啊，都什麼時代了，人類都登陸火星了，你還這麼守身如玉個什麼勁啊？」

傅華沒想到女孩會說出人類登陸火星這句話，被逗樂了，撲哧一聲笑了出來。

女孩開始教訓起來，說：「大叔，你就是思想太複雜，想得太多，太把自己當回事了。你這樣活著很沒勁知道嗎？你以為你是誰啊？偶爾放鬆一下，天也塌不下來。所以你也別老是端著架子了，要像我這麼活著，多自在啊。」

傅華有點意外，女孩看似隨意的話，卻正點到了他的病根上。是啊，你以為你是誰啊？不過也就是一個普通平凡的人罷了，有必要老這麼死板嗎？你自以為是的想那麼多，有誰在乎啊？現在的人，眼中看到的只有利益，誰還去想這些沒用的東西啊？

傅華便笑笑說：「那就不端著了，來，我們喝酒。」

兩人開始一杯接一杯的喝著，越聊越開心，女孩越發的放肆，居然枕在傅華的腿上，不時還發出悅耳的笑聲，讓傅華覺得這個夜晚過得還挺愉快的。

沒多久，酒很快就見底了，傅華感覺自己有些暈，到了似醉非醉的程度，該是見好就收的時候了，便招手讓侍者過來結了帳，然後對女孩說：「我要回去了，謝謝你，讓我度過一個十分愉快的夜晚。」

女孩看著傅華，遺憾的說：「你真的不帶我走啊？」

傅華搖搖頭說：「到此為止不是挺好的嗎？你住哪裡？要不要我叫車送你回家啊？」

女孩搖搖頭說：「我不想回去。喂，大叔，今晚真的很愉快，我留個電話給你吧，想我的時候，你可以打電話給我。」

傅華並沒有要跟女孩保持連絡的意思，便笑笑說：「你這樣就有點俗套了吧？新新人類講究的是隨性，興起而聚，興盡而散，留什麼電話啊。」

女孩聽了，也很爽快地說：「行，就聽你的，不留電話了。」

傅華就跟女孩分手，搖搖晃晃的回了家，衣服也沒脫，就倒在床上睡了過去。

請續看《官商鬥法》II 14逆向挽狂瀾

官商鬥法II 十三 豔照掀風濤

作者：姜遠方
發行人：陳曉林
出版所：風雲時代出版股份有限公司
地址：105台北市民生東路五段178號7樓之3
風雲書網：http://www.eastbooks.com.tw
官方部落格：http://eastbooks.pixnet.net/blog
Facebook：http://www.facebook.com/h7560949
信箱：h7560949@ms15.hinet.net
郵撥帳號：12043291
服務專線：(02)27560949
傳真專線：(02)27653799
執行主編：朱墨菲
美術編輯：吳宗潔

法律顧問：永然法律事務所 李永然律師
北辰著作權事務所 蕭雄淋律師

版權授權：蔡雷平
初版日期：2016年9月
初版二刷：2016年9月20日
ISBN ：978-986-352-350-5

總 經 銷：成信文化事業股份有限公司
地　　址：新北市新店區中正路四維巷二弄2號4樓
電　　話：(02)2219-2080

行政院新聞局局版台業字第3595號 營利事業統一編號22759935

定價 ：280元　　特惠價 ：199 元

國家圖書館出版品預行編目資料

官商鬥法II / 姜遠方 著. -- 初版. -- 臺北市：
風雲時代，2016.01 -- 冊；公分

ISBN 978-986-352-350-5（第13冊；平裝）

857.7　　105006537